KB029839

열다섯은
안녕한가요

정혜덕 지음

여전히 서툰 어른이
친애하는 사춘기에게
…

우리학교

프롤로그

혼자 보기 아까운 그 세계

  한때는 나도 청소년이었다. 정수리에서 하늘을 향해 솟구치는 흰머리를 뽑을 때면 내가 언제 소녀였나 싶지만, 내 나이를 표시하는 십의 자리 숫자가 1인 적이 분명히 있었다. 그 1이 2로 바뀌면서 청소년을 가르치는 사람이 되었다. 40대인 지금은 심지어 10대의 부모가 되기까지 했다. 내 안의 나는 여전히 열다섯 소녀인 것만 같은데, 이게 무슨 일이람?

  나는 청소년이 좋다. 그들과 나이 차가 점점 더 벌어지는데도 좋아하는 마음은 여전하다. 그들이 아름답기 때문이다. 경쾌하고 생명력이 넘치는 아름다움이다. 어디서든 까르르 웃고 엉뚱하고 재미난다. 그들 곁에 있으면 눈에 보이지 않는 에너지가 전해져 덩달아 나도 공중으로 떠오른다. 조금 떠올랐다

가 얼른 땅으로 내려오는 건 든든한 뱃살이 무게 중심을 잡아
줘서겠지.

집과 학교를 포함한 여러 장소에서 청소년을 만난다. 가까
이 다가가도 그들이 별다른 거부감을 보이지 않으니 다행이
다. 그렇다고 바짝 붙으면 위험하다. 그들은 에너지가 충만해
서 어디로 튈지 모른다. 호기심이 발동해 함부로 건드렸다가
는 태초의 빅뱅을 마주할 수 있으니 조심해야 한다. 게다가 자
세히 보려면 적절한 망원경도 필요한데, 여기서 한 번 더 주
의해야 한다. 렌즈 앞에 '어른'이라는 필터가 끼워져 있으니까.
내가 아무리 젊은 어른, 쿨한 어른이 되려고 발버둥 쳐도 어른
이라는 기본값은 바뀌지 않는다. 오히려 그 사실을 인정하고
렌즈를 잘 닦는 편이 낫다.

좋아하는 대상을 관찰하고 기록하는 일은 언제나 즐겁다.
올봄 청소년이 읽을 청소년에 관한 에세이를 써 달라는 의뢰
를 받았을 때, 차마 소리를 지르진 못하고 얼굴 가득 미소를
지으며 뜨거운 콧김만 내뿜었다. 인생은 타이밍이라더니, 서
른 해를 뛰어넘어 때가 왔구나. 내가 소녀였을 때는 내 모습이
제대로 보이지 않았다. 내 안의 소녀가 나와 너무 찰싹 달라
붙어 있어서 그 모습을 보려면 눈이 가운데로 몰리는 것 같았
다. 그때는 지금보다 남의 시선에 더 민감했기에 남들의 평가

와 상관없이 나와 내 또래의 모습을 담담히 보기가 어려웠다. 기대 수명을 100세로 잡을 때 인생의 절반을 산 셈이니, 이제는 적당한 거리를 두고 그들을 바라볼 수 있는 지점에 와 있지 않을까?

그 거리 덕분에 소녀 소년이 매일 아침저녁으로 거울을 들여다봐도 보지 못하는 면면이 나에게는 조금씩 보인다. 때로는 거칠고 혼란스러워 보이지만 그래서 그들은 더욱 아름답다. 모두 잠든 밤에 홀로 불을 밝히고 게임에 열을 올리는 너의 정열적인 눈빛, 자신의 얼굴과 몸이나 성격 혹은 성적이 마음에 들지 않아 릴레이로 이어지는 너의 한숨, 선택의 갈림길에서 어느 쪽으로 가야 할지 몰라 제자리를 맴도는 너의 초조하고 불안한 발걸음, 가족과 친구 사이에서 하루에 열두 번도 더 빨개졌다가 파래졌다가 하는 너의 얼굴보다 더 순수하고 슬프고 다채롭게 아름다운 것이 이 세상에 또 있을까?

이왕 글을 쓰는 김에 청소년에게 들려주고 싶은 말을 보탰다. 어른의 잔소리나 훈계라고 생각하면 듣기 싫을 수도 있다. 하지만 나의 마음을 '팬심'으로 여길 이들도 있으리라 믿는다. 말로 사람을 바꿀 순 없지만, 사람의 말에는 힘이 있다는 말도 있지 않은가. 소녀 소년이 자신들은 이미 충분히 아름답다는 진실을 알게 되기를, 내일은 오늘보다 좀 더 나은 사람이 되기를 기원하는 마음을 담아 썼다.

　반짝이는 소녀 소년의 세계를 혼자 보기 아까워 책을 펴내는데, 학교에서 만나는 청소년들의 사생활을 보호하려다 보니 의도치 않게 한집에 같이 사는 자녀들 중에서 사춘기의 절정을 달리는 소녀를 심층 취재하게 되었다. 그 소녀에게서 확실히 한 소리 들을 것 같다. 내가 철새 도래지의 천연기념물 제202호 두루미도 아닌데 왜 엄마 마음대로 관찰하고 기록하냐고 따지겠지. 원래 작가는 가족의 불평과 비난을 양분 삼아 성장하는 법이다. 그래도 소재를 제공했으니 이번 달 소녀의 용돈은 더블로 가야겠다.

차례

처음은 아닌데 처음

바야흐로 사춘기

울면 안 된다고 했다. 산타는 우는 아이에게 선물을 안 준다고 했다. 참 야박하다. 울면 선물로 달랠 생각을 해야지, 우는 애만 안 주겠다는 건 무슨 심보일까. 심지어 울면 지는 거란다. 애 같고 약해 보이고 상대가 우습게 여길 수 있으니 울지 못하게 하려는 거겠지. 하지만 어린이든 어른이든 노인이든 모든 인간은 울면서 세상에 나오지 않았나?

생의 첫 호흡은 울음과 세트 메뉴다. 아기는 열 달 동안 안전하게 지냈던 엄마의 자궁, 그 익숙하고 따뜻한 공간에서 온통 어리둥절한 것투성이인 세상으로 나와 울음을 토했다. 크게 한 번 울고 후련해졌는지 태어난 순간부터 매일 천천히 그리고 꾸준히 자라났다. 신생아의 키는 50센티미터, 몸무게는 3킬로그램 정도지만 10여 년이 지날 무렵이면 몸무게는 대략 열일곱 배, 키는 서른 배까지 늘어난다. 뻥튀기 기계에 들어갔다가 나와도 이만큼 커질 순 없을 것이다. 그야말로 폭발적인 성장이다. 목숨 걸고 운 보람이 있다.

두 달 가까이 되는 기나긴 겨울 방학이 끝나고 학교로 출근하는 길에 소년 K를 만났다. 20미터 앞에서 폴더 폰 접듯 인사하는 모양새로 인사성이 바른 K인 걸 알았다. 분명히 K는 K인데 평소와 조금 달라 보였다. 얼굴 한가득 자신감 넘치는 저 미소는 뭐지? 간만에 학교에 와서 좋은 건가? 나는 K가 시야에서 사라질 때까지 한동안 고개를 갸우뚱했다. 의문은 곧 풀렸다.

"K 봤어요? 진짜 많이 컸던데."

교무실에서 옆자리에 앉은 동료 교사의 말을 듣고 나서야 K와 내 눈높이가 같아졌다는 사실을 깨달았다. 계절이 세 번 바뀌는 동안 K는 죽순과 경쟁이라도 하듯 쭉쭉 자랐다. 그리고 이제는 나보다 높은 곳에서 세상을 바라본다.

키뿐만이 아니다. 이 무렵의 소녀 소년에게는 난데없는 변신이 뒤따른다. 성호르몬에 의해 이른바 2차 성징이 화려하게 나타난다. 마치 다시 태어나기라도 하듯, 처음은 아닌데 처음인 듯 몸에서 성적 특징이 도드라진다. 거뭇거뭇한 무언가가 코밑과 겨드랑이, 사타구니를 비집고 올라온다. 녀석의 정체가 '털'이라는 걸 깨닫는 순간, 잠시 낯선 기분이 든다. 내 안에 또 다른 내가 있었구나. 목소리가 바뀌고 가슴이 나오고 생리 또는 몽정을 한다. 바야흐로 사춘기思春期다.

어린이는 가고 청소년이 왔다

사춘기의 문이 열렸다. 그 문을 열고 들어와 방문을 쾅 하고 닫으면 등 뒤에서 소곤거리는 소리가 들린다.

"쟤 사춘기야?"

요즘 들어 부쩍 자주 듣는 말, 사춘기의 뜻은 살짝 아리송하다. 한자로 '생각 사思'에 '봄 춘春'이다. 봄을 생각하는 기간이라니 좀 뜬금없는 조합이다. 봄에 무슨 생각을 하나, 그냥 봄을 즐기면 되지. 그런데 소녀 소년은 코로나19 방역 조치로 두 해 동안 집에 갇혀 벚꽃 구경도 제대로 못 했다. 꽃구경은 포기하고 책을 펼치지만 시선은 자꾸만 창밖으로 향한다. 창너머에는 쌍쌍이 짝을 지어 찰싹 달라붙어 다니는 연인들이 바람이 흩뿌리는 벚꽃잎을 맞으며, 하하 호호 깔깔 좋아 죽겠

단다.

순간 깨달음이 배송된다. 국립국어원 표준국어대사전은 사춘기를 "이성에 관심을 가지게 되고 춘정을 느끼게 되는 청년 초기"라고 정의한다. 이게 무슨 말인가 했더니, 저 달콤하다 못해 느끼한 봄기운이 춘정이로구나! 그래서 북한에서는 사춘기를 '춘정기'라고 부르나 보다. 사춘기에 들어선 소녀 소년이 서로 이끌리는 것은 자연스럽다. 중학교 1학년 국어 교과서에는 사춘기 입성을 환영이라도 하듯 황순원의 소설 「소나기」가 실려 있다. 한국의 대표 첫사랑 소설이다. 소년은 소녀로 인해 설레고, 소녀가 눈에 보이지 않을 때면 이명과도 같은 환청을 듣는다. "바보, 바보." 그러다가 자신도 모르게 되된다. '바보 같은 것, 바보 같은 것.' 소년은 바보가 맞다. 고백도 못 했는데 소녀가 떠나 버렸다. 첫사랑은 이루어지는 법이 없다더니.

사춘기의 몸이 사랑에 관한 호기심과 관심으로만 꽉 채워진 것은 아니다. 새로운 몸에는 훨씬 더 다채로운 감정의 변화가 깃든다. 전과 다르게 정서적으로 일관성이 없고 불안정해지기도 한다. 한 시간 전만 해도 집이 떠나갈 듯 엉엉 울었다가 지금은 언제 그랬냐는 듯 낄낄 웃는다. 더 넓고 깊게 생각하는 능력도 생긴다. 어른의 말 속에서 논리적으로 앞뒤가 안 맞는 부분을 집어낼 수도 있다(물론 버릇없다는 말을 들을 수도

青少年

있으니 주의할 것).

한마디로 청소년기는 이래저래 변화무쌍하다. 그래서 이 무렵을 '질풍노도의 시기'라고도 부른다. 말 그대로 강한 바람과 성난 파도처럼 변화가 심하고 불안할 때다. 하지만 모든 청소년이 과격하게 감정을 분출하거나 극단적으로 생각하지는 않는다. 대한민국의 중학교 2학년 모두를 환자로 만드는 '중2병'처럼 고정 관념에서 나온 표현이라 반론도 적지 않다. 청소년을 아이도 아니고 어른도 아니라는 뜻에서 '주변인'이라고도 하는데 역시 어감이 별로다. 인생에서 중요하지 않은 시기가 어디 있을까? 모든 시절이 제 인생의 중심인 것을. 철학자 장 자크 루소는 변화한 몸에 맞춰 정신도 성숙한다는 의미로 청소년기를 '제2의 탄생'이라고 표현했다. 썩 멋지게 들린다.

하지만 진짜 멋진 말은 따로 있다. 그 시절만의 왕성한 생명력을 빛깔로 표현한 말, 청소년靑少年. 가지마다 풍성한 잎이 달린 오월의 나무, 그 충만하게 푸르른 풀빛으로 나타낸 이 말이 나는 참 좋다. 생명의 기운은 소녀 소년의 몸, 감정, 생각 곳곳에 가득하다. 이제 어른에게 전적으로 의존해야만 생존할 수 있었던 어린아이는 온데간데없다. 대신에 끝이 보이지 않는 길을 제 발로 걸어가기 시작한 청소년이 있다. 그 길이 어디로 향하는지 알 수 없어서 불안하고 두려워질 때도 있을 것이다. 걷다가 문득 슬퍼질 수도 있고 간혹 엉엉 울 일도 생기겠지. 하지만 어지간해서 방전되지 않는, 120퍼센트 충전된 기운으로 용감하게 첫걸음을 내딛기를 권한다. 내가 누구인지 알기 위한 여행이 이제 막 본격적으로 시작되었으니까.

2미터 이내 접근 금지

사춘기 옆 갱년기, 다가오면 터진다

"물러서! 한 걸음만 더 다가오면 터진다."

지뢰를 발견한 주인공이 내뱉는, 전쟁 영화의 단골 대사다. 이 조마조마하고 결정적인 장면에서 지뢰가 터지면 어떻게 될까? 스크린 속 세상에서는 펑 소리와 함께 조연과 엑스트라들이 화면 밖으로 날아가고 주인공만 살아남는다. 반면에 현실 세계 속 소녀 소년의 집에서는 발단-전개-절정-하강-대단원을 가리지 않고 잊을 만하면 뇌관이 터진다. 퍼퍼퍼펑 퍼퍼퍼펑! 폭발음은 일상의 배경 음악이다. 이렇게 폭탄이 자주 터져도 아무도 죽지 않는다니 신기하다. 거의 죽을 듯이 쓰러져도 다시 일어나고 죽어서도 부활한다. 누군가 집에 소생 마법이라도 걸어 놓은 걸까?

나와 같이 사는 열다섯 소녀 J의 방은 쓰레기와 벗어 던진 옷, 제자리를 잃고 떠도는 물건이 뒤섞여 열대 우림 못지않게 울창하다. 방을 치우라는 말에 "응." 하고 건성인 대답이라도 돌아오면 다행이다. 아무 대답이 없으면 말을 건넨 사람은 무안하다가 슬슬 화가 치민다. 한 번 더 경고하려는 순간, 폭탄의 타이머 스위치가 켜진다. 째깍째깍 째깍째깍……

"내 말이 말 같지가 않아? 방 치우라고!"

이 정도 폭발은 귀여운 수준이다. 집마다 상황은 다르겠지만 우리 집은 대체로 소녀 소년과 접촉 빈도가 잦은 엄마가 아빠보다 폭발에 더 노출되어 있다. 물론 아빠라고 안전하지만은 않다. 학기 말 성적이 나오면 아빠의 몸 안에도 폭탄이 생성되기 시작한다. 우유로 만든 사제 폭탄, 일명 '라테 폭탄'이다.

"내가 어렸을 땐 말이야……. 지금 내가 누구 때문에 이 고생을 하는데!"

이 무렵 소녀 소년과 함께 사는 어른들에게도 변화가 찾아온다. 청춘의 '남'과 '남'이 '님'과 '님'으로 만나 결혼하고 아이를 낳아 키우다 정신을 차리면 어느새 중년이 되어 있다. 제2의 사춘기인 갱년기에 진입한 어른과 사춘기를 맞이한 10대

재촉 봐

사이의 잦은 충돌은 피할 수 없는 숙명이자 정해진 시나리오다. 부모는 지난 인생에서 얻은 교훈을 고스란히 자녀에게 적용하려 하는데, 화려한 조명이 인생 무대의 유일한 주인공인 나를 감싸기 시작한 시기에 다다른 소녀 소년은 부모에게 나눌 관심이 없으니 갈등은 증폭될 수밖에 없다. 한풀이가 섞인 부모의 관심과 이에 시큰둥한 자녀의 무관심이 부딪치면 모든 것을 빨아들이는 블랙홀이 탄생한다. 스타워즈, 별들의 전쟁이다.

우리 집 소년 S가 중학교에 입학해 맞은 첫 학기는 자유학기였다. 중간·기말고사가 없고 수치화된 성적이 나오지 않으니 놀기에 최적화된 시기였다. S는 마음껏 놀았다. 그리고 중학교 1학년 2학기에 첫 중간고사를 치렀다. 역시 공부만큼 정직한 게 없다고 수학 시험에서 반타작했다. S가 50점짜리 시험지를 들고 귀가한 날 저녁, 퇴근한 아빠의 몸속에서 시한폭탄 타이머가 돌아가기 시작했다. 어려서 공부 좀 했다던 아빠는 기가 막히고 코까지 막힌 표정으로 당장이라도 폭발할 듯 으르렁댔다.

그런데 웬걸, 폭탄은 애먼 데서 터졌다. 그 무렵 나는 집에서 20킬로미터 떨어진 학교에 재취업했다. 대중교통으로 왕복 세 시간을 오가고 대여섯 시간씩 수업을 하고 나면 다리가 후

들거렸다. 퇴근길 버스에서 구급차로 환승하지 않으려면 전담했던 집안일을 식구들과 나눠야 했다. 저녁밥을 먹고 수저를 내려놓으면 설거지는 첫째 S의 몫이었고, 빨래를 널고 개고 각자의 서랍장에 착착 넣는 일은 둘째 J와 막내 H의 몫이었다. 아빠도 예외가 아니므로 손발을 부지런히 놀려야 했다. 하지만 청소년과 어린이에 비해 바뀐 상황에 잘 적응하지 못했다.

"수건이 없네?"

욕실에 들어간 아빠의 외침에 엄마가 날 선 목소리로 대답한다.

"지금 그거 나한테 하는 말이야?"

1라운드, 수건 배틀이 시작된다.

"세탁기에 수건 넣고 세제 붓고 '동작' 버튼 누르면 되지. 당신이라고 못할 거 없잖아?"

"그게 한밤중에 들어오는 사람한테 할 소리야?"

"당신보다 일찍 들어왔다고 세탁기 돌릴 시간이 있는 줄 알아? 퇴근해서 옷도 못 갈아입고 애들 밥해 줬다고!"

2라운드로 들어서면 수건은 안중에도 없다. 서로 자기가 더 힘들어 죽겠다고 언성을 높인다. 그때 S의 울부짖음에 정신이 번쩍 든다.

"아, 둘 다 그만 좀 하라고! 공부를 못 하겠다고!"

그래, 사춘기와 갱년기는 딱 붙은 쌍쌍바로구나.

우리 사이도 거리 두기가 필요해

부와 모, 자녀로 구성된 전형적인 핵가족 형태의 가족을 흔히 '정상 가족'이라고 한다. 하지만 세상에 이런 형태의 가족만 존재하는 건 아니다. 최근 여성가족부에서 '제4차 건강가정기본계획(2021~2025)'을 발표했는데, 이 계획의 핵심은 혼인과 혈연관계에 기초하는 부성 우선주의를 폐지하는 데 있다. 다양한 형태의 가족을 차별하고 배제하는 정상 가족 이데올로기에서 벗어나려는 제도적 실천이 첫걸음을 내디뎠다고도 볼 수 있다. 세상에는 여전히 가부장제의 구습을 벗지 못한 채 오로지 남성이 집안의 중심이 되는 가정이 있다. 21세기를 중세처럼 사는 이들이다.

사실 우리는 알고 있다. 집 바닥을 들추면 사랑이 촘촘하게 깔린 가족이 정상과 비정상을 뛰어넘는 진정한 가족이라는 것을. 진정한 가족은 서로 과하게 간섭하지도, 방임하지도 않는다는 것을. 그런 양질의 사랑은 어느 날 하늘에서 뚝 떨어지지 않는다. 가족 구성원 모두의 지속적인 노력이 필요하다.

"나는 누구인가?"를 끝없이 물으며 자아 정체성을 다져 가는 소녀 소년은 자기만의 영역을 지키고 싶어 한다. 신체적·정서적 변화가 일으키는 파장이 핵폭발을 일으키지 않으려면 가족 간에도 능동적으로 안전거리를 확보해야 한다. 도로에서 앞차를 받은 뒤차가 '안전거리 미확보'에 걸리듯 서로 너무 바짝 붙지 않아야 한다. 물론 이 책임은 일차적으로 부모의 몫이다. 부모는 어른이니까.

전쟁 중에는 사춘기가 없다는 말이 있다. 오늘 하루 배를 채우고 살아남기가 인생의 목적일 테니까. 하지만 전쟁 중에도 사람들은 사랑하고 미워하지 않던가. 조금 결이 다르지만 2020년 1월부터 온 세계는 바이러스와 전쟁을 치러 왔다. 바이러스와 맞서 싸우느라 일상은 반납되었고 소녀 소년도 집에 갇혔다. 쉽게 학교에 갈 수도, 친구를 만날 수도 없다. 집에 격리된 기간이 길어지면서 온라인 수업이 시작되었고 과제 폭탄을 떠안았으니, 게임과 유튜브 외에는 지친 영혼과 육체를 위로할 방법이 없었다.

지난가을, S와 같은 반 학생 중 한 명이 코로나19 확진 판정을 받았다. 학교에서 마스크를 쓰고 지냈지만 같은 반이라는 이유로 밀접 접촉자로 분류된 S는 집에서 2주간 자가 격리를 해야만 했다. 나머지 가족은 S와 확실하게 거리를 두고 지냈다. 그리고 그 거리가 확보된 덕분에 S는 디지털 좀비가 되었다. 방에 갇혀서 할 일이라고는 인터넷뿐이었으니까. 자가 격리가 끝난 뒤에도 사람으로 돌아올 생각이 없는 디지털 좀비와의 전쟁이 이어졌다. 사랑이 꽃피는 가정이라면 당연히 흘러넘쳐야 할 관심과 격려 대신에 감시와 처벌이 뿌리내렸다. 바이러스를 물리치려면 사람과 사람 사이에 안전거리 2미터를 유지해야 하지만, 정작 가족 사이에서 그 거리는 자취를 감췄고 비난과 분노의 화살이 2미터 사이를 시도 때도 없이 날아다녔다.

자발적이고 적극적으로 인터넷과 전자 기기 사용 시간을 조절할 수는 없을까? 쉽지 않아 보인다. 이럴 때는 오히려 못한다고 솔직하게 인정하면 문제를 해결할 가능성이 싹튼다.

"5분만 들여다보려고 했는데 어느새 한 시간이 지나 버렸네요. 그런데 저만 이런가요? 엄마나 아빠는 어때요?"

자식 앞에서 당당하게 자신의 휴대전화 사용 시간을 밝힐 수 있는 부모는 흔치 않다.

"이것 봐라. 하루에 15분이야. 통화 5분, 카카오톡 5분, 유튜브 시청 5분, 대단하지?"

이런 부모가 있다면 〈순간포착 세상에 이런 일이〉에 제보해 가문의 명예를 드높여야 마땅하다. 어른은 부끄럽고 민망한 모습을 아무렇지 않게 감추는 기술이 있는 반면, 소녀 소년에게는 있는 그대로의 모습을 보일 수 있는 용기가 있다. 그 용기를 엄마 아빠와도 조금 나눠 보면 어떨까? 부모에게 자식을 사랑하기에 '다 너 잘되라고 하는 말'을 할 권리가 있다면 부모를 사랑하는 자식들에게도 '부모님 잘되시라는 말'을 할 권리가 있다는 걸 우리는 종종 잊는다.

"엄마, 어제 맥주를 세 캔이나 비우더니 오늘 또요?"

"아빠, 바쁘다는 핑계로 운동 계속 빼먹기예요?"

사랑은 관심이고 대화다. 우리는 서로 말을 주고받으면서 사랑하고 사랑받는다는 걸 확인한다. 아무 말도 하지 않으면 아무 생각이 없다고 오해받을 수 있다. 그래서 말해야 한다. 입을 떼고 싶지 않다고, 말인지 방귀인지 모를 말이 나올까 봐 아예 말하지 않는 거라고, 보기에는 우습겠지만 나도 나름대로 계획이 있다고, 걱정하지 말라고…… 어떤 말도 좋으니 일단 입을 열어 보자. 관심은 좋지만 간섭은 부담스럽다고 선을 긋고, 지적당한 말이 사실이라면 시원하게 인정하자.

"말씀대로 저는 아무 생각이 없습니다. 하지만 계속 아무 생각이 없진 않을 테니까 좀 더 기다려 주세요."

내일은 내일의 폭탄이 또 터질지라도 적당한 거리 두기와 솔직한 대화가 우리 가족의 안녕을 지키리라.

그걸 말이라고 해

방금 쓴 욕의 뜻을 아십니까?

소녀 소년은 집에서 대체로 묵언 수행을 한다. 어지간해서는 가족과 말을 섞지 않는다. 대신 친구들과 말한다. 웃음소리, 감탄사, 괴성이 섞인 말을 한다. 얼핏 듣기에는 저것이 사람의 말인지 짐승의 울부짖음인지 헷갈릴 수도 있지만, 그렇다고 말이 아닌 것은 아니다. 물론 중간중간 욕도 한다. 아직 어른이 아니라는 이유로 허락되지 않는 금기 중에서 욕이 가장 만만하고 손쉽기 때문인지, 하루라도 욕하지 않으면 입에 가시가 돋는 이들도 있다. 맞은편에서 한 무리의 중학생이 몰려오면 십중팔구 쌍시옷이 들어간 두어 마디는 주워듣기 마련이다. 본의 아니게 쌍욕을 들으면 불쾌하지만, 나는 어떻게든 말을 덜 해야 저녁밥 지을 기운을 남길 수 있는 처지라 말끝마다 추임새를 넣듯 욕을 덧붙이는 그 에너지가 부럽기도 하다.

껌 씹듯 찰지게 욕하는 청소년을 만날 때면 최대한 맑은 눈망울로 쓱 다가가 묻고 싶어진다.

"그대는 도를, 아니 방금 쓴 욕의 뜻을 아십니까?"

쌍시옷 욕의 원형인 '씹하다'는 성교를 비속하게 표현한 말이라는 걸 모르나 보다. 걷다가 부딪힌 사람은 물론 가까운 사람에게도 건넬 말이 아니다. '병신', '미친놈/년'과 같이 타인의 신체 및 정신을 비하하는 욕도 권할 것이 못 된다. 얘도 하고 쟤도 하니까 나도 아무 생각 없이 했다고 대답하면 곤란하다. 생각 없이 떼로 욕하는 것은 미덕이 아니다.

하지만 학년이 올라갈수록 더 무거워지는 학업의 짐을 지고 학교와 학원을 왔다 갔다 하다 보면 무의식중에 욕이 저절로 나오기도 한다. 지필 고사를 끝내면 바로 수행 평가가 기다리고 있어서 매일 갓 짜낸 피로가 새록새록 샘솟는다. 이럴 때 목구멍 아래에서 끓는 가래를 꺼내듯 "칵!" 하고 욕하면 잠시 답답했던 가슴이 뻥 뚫리는 기분이 든다. 허락도 없이 마음에 마구 상처를 내고 아무렇지도 않게 깔깔거리고 웃는 친구(라 쓰고 원수로 읽는다)들의 뒤에서 찰지게 쌍욕을 하고 나면 탄산음료를 들이켜고 "꺽!" 트림하는 효과가 있다.

이처럼 욕은 잘 쓰면 약이 되기도 한다. 하지만 사람 앞에서 대놓고 하는 욕은 좀 위험하다. 자칫 잘못하면 생명과 재산, 명예에 손해를 입을 수 있기 때문이다. "칵!"은 몰라도 "퉤!"는 조심하는 게 좋다. 제 속만 시원하겠다고 보도블록에 가래를 막 뱉으면 어쩌자는 건가. 남들의 비위는 안중에도 없는, 이기적인 인간이 넘쳐 나는 곳이 바로 지옥이다. 적어도 내가 발 딛고 선 곳이 지옥이 되지 않도록, 가래침은 휴지에 뱉고 욕은 집에 돌아가 펼친 일기장에 또박또박 쓰면 어떨까.

욕 이야기가 나왔으니 떠오르는 사건이 있는데, 우리 집 소년 S가 중2가 된 봄날의 일이었다. S는 여덟 살 아래 막냇동생과 소파에 나란히 앉아 텔레비전으로 프로 야구 경기를 보고 있었다. 응원하는 팀의 플레이가 영 시원찮았는지, S는 점점 흥분하기 시작하다가 급기야 쌍욕을 내뱉고 말았다. 일곱 살 어린이의 말랑한 귀에 생애 최초로 거친 욕지거리가 꽂히는 순간이었다. 안방 침대에 누워 있던 나는 거실로 뛰쳐나가 온 집이 쩌렁쩌렁 울리는 소리로 맞받아쳤다.

"야, 이 ㅆㅂㄴ아, 어디 집에서 욕을 하고 ㅈㄹ이야!"

강력한 3점 홈런이었다. 시간 정지 마법이라도 작동한 듯 거실에는 3초간 정적이 흘렀다.

"엄마가 욕할 줄 몰라서 안 하는 줄 알아? 아무리 기분이

나빠도 어린이집 다니는 동생 옆에서 욕하면 안 되는 거 몰라? 모르는 것 같으니 알려 준다, 끝."

돌이켜 보면 그날 나는 S에게 자분자분 욕의 어원을 풀이하며 설명할 기운이 없었다. 비몽사몽간에 빠르고 손쉽게 '지랄에는 맞지랄' 법칙에 따라 충격 요법을 사용한 것이다. 잘했다는 건 아니다. 그 시간으로 다시 돌아간다면, 피로 회복제를 한 병 들이켜고 난 뒤에 눈앞의 소년을 남의 아들이라 여기고 차분히 물을 것이다.

"그대는 방금 쓴 욕의 뜻을 아십니까?"

그날 이후 S가 고2가 된 오늘까지 집에서 욕하는 걸 들어 본 적이 없다. 옛말에 술은 집에서 어른에게 배우라고 하더니 욕도 마찬가지인가 보다.

외려 부모가 일상으로 욕하는 가정이 있다는 사실을 모르지 않는다. 그런 부모를 감당해야 할 소녀 소년을 감히 위로할 처지가 못 되니 마음 한구석이 쓰라리다. 한편, 집 밖에서는 교양인이라고 칭송받는 부모 중에 제집 자식의 마음 깊은 곳에서 욕 공장이 돌아가게 만드는 사람이 있다는 사실도 안다. 학생들과 사담을 나누다가 부모에게 맞았다는 이야기를 들으면 피가 거꾸로 솟는다. 가장 안전해야 할 집이 가장 위험한 곳이 되는 순간을 확인하면 슬퍼진다. 학력주의, 능력주의, 엘

리트주의가 만든 괴물 부모를 용서해 달라고 대신 청하진 않으련다. 남의 인생에 감 놔라 배 놔라 할 수는 없으니 말을 아껴야겠다. 혹 조언을 구한다면, 일기장 마지막 장에 이렇게 적어 두기를 권한다.

"집에서 최대한 빨리 독립하자."

앞담화도 뒷담화도 말고

김이 난다. 뜨거운 콧김이 난다. 얼굴은 시뻘겋게 달아올랐다. 미세한 진동으로 온몸이 부들부들 떨린다.

'열받았군.'

이럴 때는 못 본 척하고 스윽 지나가는 게 상책이다. 아무렇지 않게 진도를 나간다. 교과서를 읽고 설명하고 문제를 풀게 한 뒤에 곁눈으로 소녀 P의 상태를 살핀다. 열은 식었고 김은 얼추 빠진 것 같다. 하지만 가까이 가기엔 이르다. 어설프게 말을 건넸다가 왈칵 눈물이라도 쏟으면 이후의 사태를 수습할 수 없다. 무슨 일로 P가 속상해하는지 궁금하지만, 수업을 마치고 교무실로 가면 알 수 있을 테니까 조금 참고 기다리기로 한다.

소녀를 증기 기관차로 만든 건 '앞담화'일까, '뒷담화'일까. 앞에서 대놓고 사람을 말로 찌르려면 못돼먹고 막돼먹어야 가능하다. 평균 수명을 120세로 잡았을 때 겨우 인생의 10분의 1을 갓 넘긴 소녀 소년이 못돼먹고 막돼먹기는 쉽지 않다. 그래서 앞담화는 개인의 말이 아닌 무리의 말인 경우가 많다. 집단의 우두머리가 내뱉는, 강해 보이고 싶어서 휘두르는 허세의 말이다. 이런 말은 어떻게든 안 듣는 게 상책이다. 어쩔 수 없이 들었다면, 그래서 심장이 참치회처럼 썰렸다면 국번 없이 1388에 전화하는 게 좋다. 365일 24시간 무료 상담이 가능하다. 말과 함께 주먹이 날아온다면 주저하지 말고 112를 누를 것. 망설이면 늦는다.

뒷담화는 앞담화보다 흔하다. 조용히, 나직하게, 안 보이는 곳에서 주고받지만 어디든 널려 있다. 뒷담화는 비밀이라 은근하고 달콤하다.

"지난주에 C가 나한테 이러는 거야. B가 절대로 말하지 말랬는데, 너만 알고 있으라나? C의 말을 듣다 보니까 나도 모르게 맞장구를 치게 되더라고? C의 말로는 A는 쓰레기야. 근데 그저께 학교에 갔더니 D가 날 부르는 거야. A가 절대로 말하지 말라고 했다면서 얘기를 하는 거지. D의 말을 들어 보니까 B가 진짜 쓰레기야! 오늘 내 앞에 앉은 E랑 F가 뭐라고 작게 말하는데, 내가 아는 얘기더라고. A랑 B가 나오더라니까? E랑 F는 인싸가 아니거든? 근데 어떻게 걔들까지 이 얘기를 아는 거지?"

진실은 하나뿐이다. A와 B의 자리는 언제든 새로운 주인공으로 교체될 수 있다는 것.

앞담화도 뒷담화도 말라면 말을 말라는 거냐고? 입은 오직 음식물을 먹거나 코가 막혔을 때 숨 쉬는 용도로만 사용하자는 말이 아니다. 무엇보다도 소녀 소년은 앞담화나 뒷담화 같은 말 같지 않은 말만 하는 존재가 아니다.

G야, 나 H야. 우선 정말 정말 생일 축하해!! 내 선물 별건 없지만 :-) 생일 축하한다는 의미에서 준비해 봤어~ 우선 집게 핀은 요즘 유행이라고 해서 사 봤옹! 잘 써 줬으면 좋겠어! 쓰면서 내 생각도 좀 하고…^^ 그리고 저번에 만났을 때 내 얘기 진지하게 잘 들어 줘서 고마워. 나랑 성격도 비슷한 부분이 있어서 되게 반가웠는데… 앞으로도 친하게 지내자. 그리고 시험 기간에 모르는 문제 있으면 항상 친절하게 알려 줘서 너무 고마웠어. 마지막으로 다시 한번 생일 축하해!

열다섯 소녀 G가 친구 H에게 받은 생일 축하 카드다. 카드에 적힌 마침표가 과일 맛 사탕 같다. 문장마다 달콤하고 다정하다. 반대로 달기는커녕 약처럼 쓴 말도 있다. 잘못된 선택을 하려는 친구를 막아서며 하는 말은 쉽게 할 수 없는 말이다. 정의로운 말은 말하는 사람의 책임과 말을 듣는 사람의 부담이 더해져 묵직하다. 하지만 주제넘은 조언이나 섣부른 충고와는 다르다. 상대방을 소중히 여기지 않는다면 꺼내지 않았을 말이기 때문이다. 이런 말은 마음의 어두웠던 구석을 환하게 밝히고 감춰졌던 용기를 드러낸다.

세상이 온통 뒤죽박죽이라고 해도 주어와 서술어, 목적어를 엮어 감사와 희망을 담을 수 있다면 또 하루를 살아 낼 수 있다. 사람을 살리는 말, 힘을 주는 말은 대단히 근사하거나 어려운 말이 아니다. 특별한 기술이 필요하지도 않다. 말 같지 않은 말은 조용히 쓰레기통으로 보내면 된다. 재활용도 안 되고 퇴비로도 만들지 못하니 일반 쓰레기봉투에 꾹꾹 눌러 담아 버리는 거다. 그 봉투에 내가 들어가는 일이 없도록 주의하면서.

나답게 아름답게

여드름과 작은 키의 슬픔

"엄마, 우리 반 애들은 다 멀쩡한데, 나만 왜 이래?"

열다섯 소녀 J의 여드름은 상당히 활기찼다. 뺨과 이마에서 아주 신나게 성업 중인데 그중 하나는 거의 폭발 직전의 분화구 같았다.

"글쎄 말이다. 나도 네가 여드름으로 이렇게 고민할 줄 몰랐지. 나나 네 아빠나 성장기에 여드름이 안 났거든. 오빠도 아직 여드름이 없고. 그러니까 네 여드름이 유전 탓만은 아니라는 건데……."

물론 J에게 이렇게 말하진 않았다. 사실이지만 대놓고 할 말은 아니니까. 어디까지나 생각일 뿐이다. 문제는 잠깐 집에 들른 J의 외할머니가 그 여드름 풍년을 발견했다는 것이다. 할머니는 J를 당장 병원에 데려가라고 했다. 거기까지면 좋았을 텐데, 손녀의 여드름을 한탄하는 몇 마디를 더 보탰다. 며칠 뒤 동네 피부과에 가서 여드름을 째고 연고 처방을 받았지만, J는 이미 속이 제대로 상했다.

"할머니 싫다고. 내가 여드름 때문에 얼마나 스트레스를 받는데 그렇게 말할 수 있냐고."

나는 또 마음으로 답했다.

'할머니한테 말하라고. 난 그분 딸인 죄밖에 없다고.'

할머니는 사과의 뜻으로 손녀에게 찬스 카드를 내밀었다. J는 그 카드로 진료 경력 40년 차 피부과 전문의(라 쓰고 할머니의 절친이라 읽는다)를 만났다. 여드름 치료는 의료 보험 적용이 1원도 안 된다는 걸 그때 알았다. 깨끗하고 맑고 자신 있는 피부로 거듭나려면 기승전'머니'가 있어야 하는구나.

당연한 이야기지만 모든 소녀 소년이 만족스러운 외모를 가질 순 없다.

고등학교 1학년이 되면서 친구들은 다 컸다.
도대체 내 키는 언제 크나.
나만 안 컸다.

학교에서 학생들이 노트에 쓴 세 문장의 글을 읽고 의견을 달던 중이었다. 더도 말고 덜도 말고 달랑 세 문장인데 그 안에서 소년 O의 깊은 한숨이 흘러나왔다. 한숨 밑에는 부모님이 물려주신 유전자, 성장 호르몬 주사 그리고 골대에서 튕겨나가는 농구공 등이 뒤엉켜 있었다. 문장 아래에 '만화 『슬램덩크』의 단신 가드 송태섭이 얼마나 멋지게요.'라고 쓰려다가 펜을 놓았다. 그 어떤 말로도 O를 위로할 수 없다는 결론에 다다랐기 때문이다. 성장기의 끝판에서 그가 기울일 수 있는 후천적 노력은 거의 없어 보였다.

흔한 말로 '얼평', 외모 평가는 실례다. 10여 년 전만 해도 집과 학교, 일상생활 속 언어폭력이 난무했다. 그때는 실례인 줄도 모르고 남의 외모를 품평하곤 했다. 그래도 이제는 많은 사람이 외모 평가가 예의에 어긋나는 줄 안다. 한 걸음 더 나아가 요즘은 외모 칭찬도 미덕이 아니다. 첫째, 후천적인 노력이 아닌 유전과 환경의 덕으로 얻은 외모를 칭찬하는 말은 "어머, 부모님께 물려받은 건물이 있어서 참 좋겠어요." 하는 말과 마찬가지니까. 둘째, 외모 칭찬으로 인해 주변 사람이 상대적 박탈감을 느낄 수 있으니까. 셋째, 나는 좋은 의도로 칭찬했는데 듣는 사람은 기분이 나쁠 수 있으니까. 칭찬하는 사람과 칭찬받는 사람의 외모에 대한 기준은 다를 수 있다.

기준 이야기가 나와서 말인데, 아름다움의 기준은 시대와 문화에 따라 다르다. 2020년대 대한민국에서 널리 인정받는 아름다움의 기준은 무엇일까? 딱 잘라 말할 순 없지만, 그 기준은 우리가 눈 뜨면서부터 마주하는 미디어와 상업 광고의 영향을 받아 만들어졌다는 사실을 부정할 수 없다. 현재 우리 사회에서 아름답다고 평가하는 외모는 작은 달걀형 얼굴에 여드름 없는 흰 피부와 선명한 눈, 오뚝한 코, 매끄럽고 도톰한 입술이다. 큰 키와 길고 늘씬한 팔다리, 적당한 근육, 중력의 영향을 받지 않는 엉덩이와 가슴이기도 하다.

이런 기준에 비추어 자기 외모에 만족하는 사람은 얼마나 될까? 재미있는 사실을 한 가지 소개한다. 대한민국 사람들의 외모 만족도는 전 세계적으로 최하위권이다. 2015년 다국적 시장 조사 기관 GFK가 22개국 만 15세 이상의 남녀 2만 7천 명을 대상으로 조사한 결과, 우리나라 사람 중 자기 외모에 완전히 만족한다는 사람은 겨우 4퍼센트에 불과했고 그냥 만족한다는 사람은 30퍼센트였다. 어림잡아 대한민국 국민의 3분의 1만 자기 얼굴과 신체를 긍정한다는 뜻이다(꼴찌는 일본이었고 그다음이 홍콩, 대한민국이었다). 즉 청소년들만 외모에 불만인 게 아니라는 말씀. 우리는 모두 자기 외모에 만족하지 못하는 사람들이다. 대~한민국!

GOOD!

현실이 이러다 보니 외모에 대한 불만은 낮은 자존감으로 연결된다. 몇십 년 전이지만 나도 소녀였던 적이 있었고, 그때는 선생님들이 은연중에 예쁘지 않으면 공부라도 잘하라는 말을 덕담(?)으로 던졌다. 아, 옛날이여. 지금 생각하면 정말 기가 막히는 이야기다. 더 기막힌 것은 10년이면 강산도 바뀐다는데 강산이 세 번 바뀔 동안 "예쁘고 잘생기면 공부도 잘하고 취업도 성공한다."라는 잠언이 당당히 자리 잡았다는 사실이다. 그러면 예쁘거나 잘생기지도 않고 공부도 잘하지 못하는 이들은 어쩌란 말인가. 예쁘고 잘생기고 키 큰 것들을 미워하기 전에, 현대 의학 기술의 도움을 받기 전에 몇 가지 짚고 넘어가자.

거울아 거울아, 좀 비춰라

세상은 한 입으로 두말한다. 학력주의나 학벌주의를 타파하자면서 성적순으로 학생을 줄 세우고 등급을 매기듯이, 외모 지상주의를 극복하자면서 쉽게 아름다운 외모를 예찬한다.

사람은 자신을 비추는 무언가가 없이는 제 모습을 볼 수 없는 존재다. 시도 때도 없이 거울을 꺼내 보고 셀카를 찍어도 그 순간뿐이다. 만일 사람에게 눈이 하나 더 있어서 제 모습도 시시각각 볼 수 있다면 어땠을까? 아마 인류는 지금과 같은 문명을 발전시키지 못했을 것이다. 오늘따라 얼굴이 창백해 보여서, 머리가 부스스해서, 부은 건지 찐 건지 알 수 없어서…… 무언가에 집중하려고 할 때마다 마음에 들지 않는 자기 외모가 눈에 거슬려 앞으로 나아갈 수 없었을지 모른다. 그렇다고 외모에 대한 불평불만을 접어 두고 공부나 하라는 말로 오해하지 말기를. 마음이 예뻐야 정말 예쁘다는 말 따위를 하려는 것도 아니다. 소녀 소년뿐만 아니라 사람이라면 누구나 아름다움에 끌릴 수밖에 없다.

문제는 앞에서도 말했듯이 아름다움의 기준이 딱 정해져 있다는 것이다. 많은 이들이 그 기준에 얼굴과 몸을 끼워 맞춘다. 하지만 반드시 그래야 할까? 패션 디자이너들이 자신만의 독특한 아름다움을 추구하며 의상을 만들듯이 아름다움의 새로운 기준을 제시할 순 없을까? 흔히 장미를 꽃의 여왕이라 부른다. 하지만 장미 화단 아래 보도블록 사이에 핀 냉이꽃도 나름 정성껏 제 고운 자태를 뽐낸다. 장미는 장미답게, 냉이꽃은 냉이꽃답게 아름답다. 누가 더 예쁘다고 등수를 매길 필요가 없다. 누구에게나 아름다운 모습이 있고, 내 아름다움을 발견할 사람은 바로 나 자신이다. 꼼꼼히, 샅샅이, 인내심을 가지고 끈기 있게 들여다보면 보인다. 거울아 거울아, 잘 좀 비춰 봐라.

내 머리는 습도에 엄청 민감하게 반응하는 곱슬머리라 관리하기가 쉽지 않다. 게다가 입이 돌출된 편이라 가만히 있으면 부스스한 가운데 뚱해 보이기까지 한다. 청소년기에 찍힌 사진마다 입 다물고 우울한 표정인 것도 그 때문이다. 그러던 어느 날, 동쪽에서 귀인이 나타났다. 그는 나에게 사진을 찍을 때 활짝 웃으라고 말해 주고는 홀연히 갈 길을 갔다. 할 수만 있으면 헬로키티나 미피가 되고 싶은데 오히려 치아를 드러내고 미소를 지으라니? 카메라 앞에서 속는 셈 치고 입술을 벌린 날, 낯설지만 괜찮은 얼굴을 만났다. 수십 년간 모르고 지냈던 내 아름다움을 발견한 날이었다.

세상이 멋대로 정한 미의 기준에 콧방귀를 뀌며 꾸밈에서 자유로워지려는 이들도, 자신만의 아름다움을 발견하기 위해 가꾸는 데 노력과 정성을 기울이는 이들도 모두 응원한다. 동시에 몇 가지 질문을 떠올려 본다. 돈이 없으면 아름다울 수 없나? 뚱뚱한 몸은 아름답지 않은가? 병원 침대에 누워 있거나 장애가 있는 몸은 어떤가? 개성 있는 아름다움을 추구하는 동시에 아름다움에 대한 더 많은 생각과 논의가 지금 우리에게는 필요하다.

복장 규제는 생로랑도 울게 만들지

대한민국에는 학생인권조례가 있다. 학생의 존엄과 가치 및 자유와 권리를 보장하기 위해 교육청별로 조례를 제정했다. 2010년 경기도교육청에서 처음 제정·공포되었고 광주·서울·전라북도 교육청이 그 뒤를 이었다. 최근 서울시 의회에서는 '서울특별시 학생인권조례 일부개정조례안'이 통과되었는데, 학생들의 복장을 학교 규칙으로 제한할 수 있다는 내용의 서울시 학생인권조례 제12조 2항을 삭제한 개정안이다. 서울에 있는 여자 중학교의 20퍼센트, 여자 고등학교의 25퍼센트가 학생들의 속옷과 스타킹을 규제하고 있다는 현실이 이유였다. 속옷도 마음대로 못 입는다니, 학생들의 권리가 제대로 존중받으려면 앞으로도 갈 길이 멀구나 싶었다.

학생인권조례가 제정된 이후 청소년들도 자기 모습을 당당하고 자유롭게 연출할 권리를 보장받은 줄 알았는데, 집 주변을 오가는 소녀 소년의 모습을 보면 대다수가 닮은 꼴이다. 우리 집 J가 다니는 공립 여자 중학교에서 올봄에 배포한 학부모 총회 연수 자료집에는 파마나 염색은 허용하지 않는다고 명시되어 있다. 머리 길이와 모양에 관한 규정도 아주 자세하다. 아, 속옷과 스타킹 규제가 있는 걸 보니 20퍼센트에 들어가는

바로 그 학교인가 보다. 조례는 조례일 뿐이로구나. 출강하는 학교 교실에서 마스크로 중무장하고 눈만 내놓은 소녀 소년을 마주하면 답답한 정도가 아니라 민망하다. 그 얼굴이 그 얼굴 같아서 누가 누구인지 알아볼 수가 없다. 이럴 때 머리 모양이라도 좀 자유롭게 연출할 수 있으면 얼마나 좋을까. "패션은 사라지지만 스타일은 영원하다."라는 명언을 남긴 패션 디자이너 이브 생로랑을 저승에서 불러오고 싶다.

성별과 나이의 경계를 허무는 패션이 자연스러워진 시대에 청소년의 개성을 막다니 앞뒤가 맞지 않는다. 그들을 미숙한 존재, 미완의 존재로 인식하기 때문이다. '학생다움'이란 무엇인지에 관해 청소년 당사자, 교사, 학부모가 서로의 생각을 나눌 수 있기를, 그런 과정을 통해 상대방을 이해하고 더 조화로운 세상을 만들기를 바라는 것은 무리일까?

참, 노파심에서 덧붙이지만 한때 유행한 어느 화장품 광고 문구를 인용하고 싶다.

"화장은 하는 것보다 지우는 것이 중요합니다."

선크림, 비비 크림, 톤업 크림, 파운데이션으로 꼭꼭 봉인한 모공을 열어서 숨 쉬게 해 줘야 피부가 트러블 시위를 벌이는 사태를 막을 수 있다. J는 외할머니를 따라 피부과에 다녀온 뒤 세안에 꽤 공을 들였다. 도대체 세수를 어떻게 하길래 J가

화장실을 쓰고 나면 온통 물바다인지는 알 길이 없지만, 그래서 화장실 바닥에 깔았던 천 매트를 치우고 고무 매트로 바꿀 수밖에 없었지만, 부지런히 씻는 날이 하루, 이틀, 일주일을 넘어가면서 눈에 보이는 성과가 드러나기 시작했다. 역시 무슨 일이든 부지런하고 볼 일인가.

최초의 인류가 식물 잎사귀나 동물 가죽으로 옷을 지어 입었던 시절을 떠올려 본다. 식물 잎사귀로 만든 옷은 가볍고 부드럽지만 한철 입고 나면 끝이었을 것이고 가죽옷은 신체 치수의 변화가 없는 한 반영구적으로 입었을 테니, 예로부터 싼 옷과 비싼 옷의 수명은 정해져 있었다. 싼 옷은 싼 옷대로, 비싼 옷은 비싼 옷대로 나름의 효용이 있다. 2000년 이후 패션 업계의 거대 자본은 패스트 패션을 낳았다. 그 덕분에 용돈을 아끼면 기분 전환으로 옷 쇼핑을 할 수 있다.

그런데 모든 소비가 그렇듯 눈이 살살 높아지기 시작하면 사고 싶은 아이템이 기하급수적으로 불어난다. '기본템'부터 '유행템'까지 갖춰 놓고 싶어진다. 자신의 경제력 이상으로 소비하는 습관을 들였다가는 평생 카드값 고지서에 끌려다닐 수 있다는 사실만 기억하면 좋겠다. 엄마, 아빠, 할머니, 할아버지의 옷장을 털거나 친구들과 안 입는 옷을 교환하거나 리사이클링 가게에서 구제품을 찾아내는 것도 방법이다. 마침 또 친

환경 패션이 트렌드라고 하니, 시대에 발맞춰 걷는 소녀 소년
이 될 절호의 기회다.

우정은 안녕한가요?

우리는 모두 친구를 원한다

3월 첫 주의 학교에는 묘한 긴장감이 감돈다. 소녀 소년은 낯선 교실에 앉아 잘 모르는 또래들에 둘러싸여 있다. 해마다 돌아오는 어색함에 이제는 적응할 법도 하건만 새삼 목 뒤가 뻣뻣하다. '인싸'도 '아싸'도 아니라면 누구와 말을 섞어야 하나. 이러다가는 자칫 입도 뻥긋 못 해 보고 하루를 마칠 것만 같다. 재빠른 아이들은 이미 연락처를 주고받았는지 벌써 무리를 이루어 웃고 떠든다. 무리와 무리 사이, 드문드문 섬처럼 웅크린 자리만 조용하다. 미세한 전류는 책걸상 사이를 맴돌다가 사라진다. 너에게 닿고 싶지만 도대체 어느 '너'에게 닿아야 할지 모르겠다.

"내가 선톡 했어."

열다섯 소녀 J가 말했다.

"선톡이 뭐야?"

심드렁하게 물었더니 대답도 퉁명스럽게 돌아온다.

"친구한테 먼저 톡 했다고. 엄마가 그랬잖아. 친구한테 연락 오기를 기다리지 말고 먼저 연락하라고. 그래서 내가 먼저 톡 했다고."

아하, 며칠 전 이부자리에서 펼쳤던 청소년 상담의 후일담이로군.

"그래, 잘했네. 누가 나한테 연락 좀 안 해 주나 목 빼고 기다리지 말라니까. 백날 기다려도 연락은 안 와."

물론 먼저 연락이 오는 경우도 있다. 그런데 그중에는 목적과 필요에 의한 연락이 꽤 많다. "이번 사회 수행 평가에서 우리 같은 모둠인 거 알지? 근데 왜 톡 확인 안 해?", "자율 동아리 만들려고 하는데 너도 넣어 줘?"와 같이 빨리 답하지 않으면 민폐일 수 있다고 경고하는 연락들. "잘 지내?", "보고 싶다."와는 결이 다르다.

사람은 혼자 살 수 없다. 혼자는 외롭고 외로우면 슬프다. 끝이 보이지 않는 인생 달리기를 시작할 때 옆에서 눈웃음이라도 나누면서 같이 뛰어 줄 사람이 있으면 막막하지 않다. 결

우리

함께

승선에 도착하려면 100년 넘게 걸릴지도 모르는데, 그 기나긴 여정을 오직 혼자 앞만 보고 달린다고 생각하면 출발도 하기 전에 주저앉게 된다. 그래서 우리는 모두 친구를 원한다.

좋은 친구를 사귀고 싶지

뻔하고 뻔한 말이지만, 누구나 좋은 친구를 사귀고 싶어 한다. 어떤 친구가 좋은 친구일까? 온종일 낯선 눈동자에 말을 건넬까 말까 망설이다가 집에 돌아왔더니 맥이 탁 풀린다. 교복을 벗지도 않은 채로 방바닥과 하나가 된 지 얼마나 지났을까, 요란뻑적지근한 소리에 정신이 번쩍 든다.

"오랫동안 기다리셨습니다. 지금부터 세계 최강 친구 선발 오디션 '우정이여 영원하여라!'를 시작하겠습니다. 이제 최종 결선에 오른 세 후보를 소개합니다. 첫 번째 후보는 내 마음을 다 털어놓아도 안전한 비밀 보장형 친구 '안심이'입니다. 입이 무거운 정도가 아니라 헬로키티처럼 아예 없어요! 어떤 비밀도 절대 다른 사람에게 말하지 않는 완벽 보안을 자랑해요. 단점은 너무 말이 없어서 좀 답답할 수 있다는 거죠. 두 번째 후보는 함께 있으면 즐거운 예능형 친구 '낄낄이'입니다. 짜증

나고 우울할 때 이 친구와 함께 있으면 세상 근심 걱정이 다 날아가고 일분일초가 아까워요! 단점은 시끄럽고 정신없다는 거겠죠? 세 번째 후보는 말 그대로 인성 명품형 친구 '인성이'입니다. 언제 어떤 상황에서든 인성이의 인격에서 우러나오는 향기에 취한다니까요. 인성이와 함께하면 노벨 평화상 수상은 기본이에요. 단점이요? 매사에 진지하고 심각하죠. 자, 아무 때나 오는 기회가 아니니 골라 보세요!"

깜박 잠든 건지, 그 잠에서 깨지 못하고 꿈꾸는 건지, 뭐가 뭔지는 모르겠지만 난데없는 오디션 홍보에 짜증이 난다. 아니, 무슨 친구가 「금도끼 은도끼」에 나오는 도끼인가? 고르기는 뭘 골라. 그냥 말 몇 마디 나누고 궁금한 거 물어볼 수 있는 친구면 된다고.

"에이, 무슨 소리를. 솔직하지 못하군요. 친구 때문에 속상했잖아요. 기분 나쁘고 섭섭했잖아요. 어디 보자, 여기 기록되어 있을 텐데…… 찾았다. '오늘도 민지 때문에 빡침. 얘는 꼭 저 좋아하는 것만 골라서 먹으려고 함. 한 번도 양보하는 법이 없음. 떡볶이 시킬 때 자기가 좋아하는 김말이 넣는 건 인정. 근데 왜 쫄면 사리는 못 넣게 하냐고. 내가 쫄면 좋아하는 걸 아는 거야, 모르는 거야? 우주가, 아니 떡볶이가 박민지 중심으로 돌아가야 한다는 법이 어디 있냐고.' 자, 이렇게 속상해

할 일이 아니에요. 세상은 넓고 친구는 많아요. 더 좋은 친구가 있는데 왜 속을 끓이나요? 배려심 넘치는 인성이로 갈아타세요! 주저하지 말고 지금 바로 선택 버튼을 누르세요."

듣고 보니 솔깃하다.

'잠깐, 인성이는 매사에 진지하고 심각하다잖아. 그럼 재미는 없겠네. 그리고 나는 인성이만큼 인성이 좋지는 않잖아. 아무래도 범생이랑 친구 하기는 부담스러워. 그럼 안심이로 할까? 요즘 도무지 되는 일이 없고 온통 욕 나오는 일뿐인데 안심이한테 털어놓으면 되잖아. 얼마나 속 시원하겠어. 그런데 안심이는 듣기만 하고 말은 안 한다니 벽에다 대고 얘기하는 기분이겠네. 어휴, 그것도 좀 그렇다. 그냥 아무 생각 없이 낄낄이랑 어울릴까? 하지만 시험 전날까지도 계속 떠들어 대면 어떡하지?'

손바닥이 없는 손등이 존재할 수 없듯이 친구의 장점은 약점과 짝을 이룬다. 그러므로 약점은 버리고 장점만 취할 수는 없다. 친구의 손등이 마음에 든다면 손바닥도 인정해야 한다. 내게 손을 내미는 친구도 내 손등과 손바닥을 모두 잡으려는 마음일 테니까. 좋은 친구를 사귀려고 하기 전에 내가 먼저 좋은 친구가 되라는 말이 친구 선발 오디션 최종 후보가 되라는 뜻은 아닐 것이다. 친구의 특성과 존재 자체를 긍정하고 장점은 높이 사되 약점도 함부로 판단하지 않는 사람. 내가 그런 사람이라면 친구는 자연스럽게 찾아오지 않을까.

친한 친구를 사귀고 싶지

대부분의 친구 관계는 우연에서 시작된다. 소녀 소년은 또다른 소녀 소년을 어린이집이나 유치원과 초등학교에서 처음 만나기도 하고 동네 태권도장과 피아노 학원에 다니다가 얼굴을 익히기도 한다. 그렇다면 묻겠다. 지금 내 손을 잡아 줄 친구를 만날 확률은 얼마일까? 내가 오늘 이 자리에 존재하기까지 들인 시간과 정성의 양은 우주적인 규모인데 또 한 명의 존재가 지금 여기에서 나와 만나다니, 우리의 만남은 우연이지만 값을 매길 수 없을 만큼 귀하다. 그 귀한 우정을 유지하고 꽃을 피우는 데는 또 엄청난 시간과 정성이 든다. 겨우 더듬이를 뻗어서 나와 주파수를 맞출 수 있는 친구를 찾았다고 끝이 아니라는 이야기다.

어쩌면 소녀 소년이 찾는 친구는 '좋은' 친구가 아니라 '친한' 친구일지도 모른다. 그냥 아는 친구가 아닌, 친구는 아닌데 친구라고 부르는 이가 아닌, 진짜 친한 친구. 그 친한 친구가 심지어 '나쁜' 친구라고 해도 더 친해지고 싶을 수 있다(부모들이 자녀들의 교우 관계를 주시하는 것은 모든 것을 빨아들이는 우정의 강력한 힘을 알기 때문이다). 친하다는 것은 속말을 나눌 수 있다는 뜻이다. 마음속 깊은 곳에 담긴 말, 말하기 전에는 나도 잘 몰랐던 말, 말로 꺼내면 너무 볼품없을 것 같아서 차마 하지 못했던 말을 건넬 수 있는 친구가 친한 친구다. 날아가던 파리가 콧방귀를 뀔 만큼 사소한 말이든, 인류 평화와 지구 안보에 직결되는 심각한 말이든 내 말을 비웃지 않고 들어줄 친구. 내 말에 함부로 토 달지 않고, 평가하지 않고, 비난받을 말이라 해도 한 박자 쉬었다가 침 꿀꺽 삼키고 "어휴." 하며 같이 한숨 쉬어 줄 친구.

나만 속말을 꺼내고 친구는 들어 주는 관계가 아니라 서로 속말을 꺼내고 들어 주는 관계가 되면, 그리고 그 관계에 시간이 쌓이면 우리는 친한 친구가 된다. 건강하고 균형 잡힌 관계는 눈높이가 수평으로 맞는 사이다. 일방적으로 받거나 주기만 하는 관계는 결국 주종 관계로 기울기 쉽다. 그래서 장 자크 상페는 『진정한 우정』에서 이렇게 말했나 보다.

이렇게 말하면 어떨까 싶어서 약간 망설였지만, 지금은 분명하게 말할 수 있습니다. 오직 노력만이, 설사 아주 미미하고,

상대방은 눈치조차 채지 못하더라도, 부단히 기울이는 노력만이 우정을 지속시킨다고요. 거저 주어지는 건 없어요……. 난 그렇게 믿습니다.

나와 너의 말 못 할 사정, 그 사정에 깃든 사연이 오가면 친한 친구를 사귀었다는 확신이 들 것이다. 와우! 드디어 내 마음을 다 털어놓을 친구를 만났다고 팔짝팔짝 뛰고 싶겠지만, 잠깐! 지금부터가 시작이다.

"친하니까 편하다고 아무 말과 행동이나 해도 되는 건 아니죠. 친할수록 예의를 지켜야 한다는 걸 잊어서는 안 돼요."

열일곱 소녀 Y의 말은 명쾌했다. 그의 말처럼 지켜야 할 선을 잊는 순간 친구의 인생에 섣부른 간섭과 참견을 하게 될 수 있다. 친구는 내 마음대로 할 수 없고 소유할 수 없는 존재라는 걸 기억해야 한다. 이건 청소년기에만 적용되는 법칙이 아니다. 죽을 때까지 적용되는 친구 관계의 ABC다.

애들이랑 놀다 보면 그냥 생각 없이 막 즐겁게 놀 때가 많다. 그렇게 마냥 즐겁게 놀다 보면 생각보다 말이나 행동이 앞서갈 때가 있다. 말이나 행동이 앞서가면 넘지 말아야 할 선을 넘을 때가 있다. 난 그 순간 아차 싶으면서 '아, 내가 하면 안

되는 말이나 행동을 했구나.' 싶다. 그리고 집에 가서 엄청 후회하며 '내가 거기서 왜 그랬지?' 자책하고 애들의 시선과 생각을 엄청 신경 쓰게 된다.

'후회'를 주제로 쓴 열여덟 소년 D의 글에 따르면 흥겨울 때, 무념무상 무아지경일 때, 말과 행동이 생각과 따로 놀 때, 그때가 바로 '아차' 하는 순간이다.

뭐가 이렇게 어렵냐고? 당연히 수능 킬러 문제보다 몇 배는 더 어렵다. 머리가 아니라 몸으로 겪으며 풀어내야 하는 문제라서 그렇다. 이론과 실전은 다르다. 머릿속으로는 '앗, 이게 아닌데……' 하는 순간 망언은 입 밖으로 튀어나온 지 오래다. 친구가 미간을 찌푸렸다면 이미 늦었다. 친구도 나도 마음이 좀 가라앉으면 꼭 한 자 한 자 정성스럽게 말하자. 미.안.해. SNS 프로필에 '중간고사 D-24' 말고 '선! 선! 선! 선을 지키자.'라고 올려놓아야겠다.

우리 우정은 여기까지

친구가 너무 멋지면 속이 쓰라릴 때가 있다. 잘생긴 얼굴,

균형 잡힌 몸매에 공부 잘하고 매너 좋고 인성은 말할 것도 없는 부잣집 아이를 친한 친구로 두면 대가가 뒤따른다. 절친이 나보다 멋질 때 밀려드는 좌절감은 태양 주위를 도는 지구만큼이나 자연스럽다. 지구는 공전하고 자전해도 아무 문제가 없지만 내가 날마다 돌 지경이라면? 친구에게서 한 걸음 떨어지면 된다. 친구와 나 사이에 상쾌한 바람이 지나갈 정도의 길을 만들어 두면 마음에 곰팡이가 피지 않는다. '쿨'하고 싶으면 '쿨'해야 한다.

간혹 멋진 친구와 친하다는 걸 자랑하고 싶기도 하다. 내 휴대전화에 저장된 소녀 소년 중 3분의 1은 SNS 프로필에 자기 사진이 아닌 친구 사진을 올려놓았다. 이름과 사진이 따로 놀아서 메시지를 보낼 때마다 한두 번 헷갈린 게 아니다. 나는 이런 존재와 친하다는 무언의 광고인 셈이다. 이 광고로 내 SNS가 더 찬란히 빛나 보인다. 자랑은 요즘 세상에서 일상적인 행동이다. 하지만 자랑은 어디까지나 자랑일 뿐이다. 무대 위 조명이 꺼지고 난 뒤 밀려드는 쓸쓸함에 휩쓸리지 않도록 중심을 잡는 게 어떨지. 나는 그의 친구라서 자랑스러울 수 있고 그는 나로 인해 어깨가 으쓱할 수 있지만, 박수 한 번 치고 오늘 내 앞에 놓인 길을 걸어야 한다.

'나는 나, 너는 너'라는 태도가 친구와 나 사이를 시원하게 환기한다면, 진솔한 마음을 나누려는 시도는 친구와 나 사이에 온기를 지펴 준다. 그런데 요즘에는 아무리 가까운 친구라해도 속마음을 털어놓는 게 쉽지 않다는 소녀 소년을 종종 본다. 무의식중에 친구를 경쟁자로 여긴다면 내 진짜 모습, 진짜 마음은 영영 드러낼 수 없다. 약육강식의 세계에서 제 약점을 자기 입으로 말한다는 건 미련한 짓일 테니까. 친구에게 수학 경진 대회 신청 마감이 언제냐고 물었는데 아무 대답이 없더란다. 몰라서가 아니라 알고도 대답하지 않는 것 같았단다. 무한 경쟁 시대에 '좋은 친구'나 '친한 친구'는 그저 듣기 좋은 말일 뿐일까?

'우정은 영원히'는 레트로 감성으로 물들인 과자 포장지에나 인쇄할 수 있는 말일지 모른다. 사실 영원한 우정이란 말이 안 된다. 나쁜 의도라고는 조금도 없었는데 일이 꼬여 친구와 멀어지기도 하고, 난데없는 이사와 전학 또는 유학으로 어제까지 잘 만나던 친구와 생이별할 수밖에 없는 일도 생긴다. 그렇기에 신의 섭리든 우연이든 뭐든 간에 내가 통제할 수 없는 삶의 복잡다단한 변수를 뚫고 지금 내 곁에 머무는 친구에게 감사의 마음을 표현하는 게 최선이다. 있을 때 잘하고, 없으면 그리워하면 된다. 연락이 닿지 않으면 언젠가 또 만날 날을 꿈꿀 수 있다.

추신 나이가 많으면 어른 대접을 받는 대한민국에서 나보다 나이가 많거나 적은 사람과 눈을 맞추고 우정을 나누기는 쉽지 않다고 속단하지 말 것. 선후배와의 우정, 선생님과의 우정, 동네 어른들과의 우정도 있다는 사실을 기억할 것. 세상은 넓고 우정의 빛깔은 다채로우니, 『나의 라임 오렌지 나무』에 나오는 제제 어린이와 포르투카 아저씨의 우정은 소설 속에서나 존재한다고 미루어 짐작하지 말 것.

『진정한 우정』 98~100쪽, 장 자크 상페, 열린책들, 2017.

사랑이 우리를 구원하리라

열여섯, 사랑하면 안 되나요

늦봄, 점심시간이 지난 5교시면 소녀 소년은 하나둘씩 잠에 취한다. 솜사탕보다 가볍고 달콤한 단잠을 깨우다니 참 못할 짓이다. 하지만 우리에게는 진도를 나가야 한다는 지상 최대의 과제가 있다. 때가 되면 돌아오는 중간고사가 눈앞에 와 있으니까. 이럴 때 감기는 눈을 번쩍 뜨게 만들 방법이 있으면 좋으련만, 일단 내려간 눈꺼풀은 좀처럼 올라가지 않는다.

딱 한 번, 제발 자라고 애원해도 서른여 개의 눈망울이 초롱초롱해지는 순간이 있다. 바로 고전 소설 『춘향전』을 공부하는 시간이다. 찜질방도 아닌데 책상에 뺨 한쪽을 벌겋게 지지는 신공을 발휘하는 열여덟 살마저 바른 자세로 고쳐 앉게

69

만드는 사랑의 위대함이란 굳이 말로 설명할 필요가 없다.

"성춘향과 이몽룡이 광한루에서 만난 단옷날 저녁에 몽룡이 춘향의 집을 찾아가잖아요. 둘이 백년가약을 맺고 뭘 하죠?"

내 질문에 교실 속 눈동자들이 일제히 껌뻑거린다. 입학하기 전으로 돌아간 듯, 해맑은 표정으로 '우린 모르죠, 선생님이 답해 주세요.' 하는 무언의 신호를 보낸다. 저 순진한 눈빛에 속으면 안 된다, 저들은 이미 알 건 다 알고 볼 것도 다 보았다, 머릿속으로 되뇌지만 소용없다. 또 속아 넘어간 나는 대답한다.

"바로 이불 펴고 같이 자잖아요."

소녀 소년의 눈동자가 두 배로 커진다. 선생님, 말도 안 돼요, 조선 시대잖아요, 진도가 어쩜 이렇게 빨라요. 나는 그들을 절망의 구렁텅이로 밀어 넣을 준비를 한다.

"성춘향과 이몽룡이 몇 살인지 알아요? 열여섯 동갑내기랍니다."

순간 모두가 놀란 가슴을 진정시키지 못하고 얼어붙는다. 고등학교 문학 교과서에는 성춘향과 이몽룡이 광한루에서 썸 타는 장면이나 암행어사가 된 이몽룡이 관아에 출두하는 대목이 주로 실려 있다. 그래서 소녀 소년은 조선 시대 열여섯 청춘 남녀의 사랑이 이다지도 원초적인 줄 모른다.

"우린 열여덟이잖아. 이미 글렀어. 선생님, 빨리 본문 설명해 주시고 기출문제나 풀어요."

툴툴대며 말해도 남의 연애에 눈과 귀가 쏠려서 졸음은 자취를 감춘 지 오래고, 수백 년 전 자신들보다 어린 청소년들이 몰래 한 사랑을 부러워하는 마음은 이미 죄다 들켜 버렸다.

셰익스피어의 비극 「로미오와 줄리엣」에서 줄리엣은 열네 살이다. 한국 나이로 환산하면 열여섯이니까, 이래저래 열여섯을 사랑이 꽃피는 나이로 인정해도 될 것 같다. 요즘은 초등학생 아니 유치원생도 연애하고 기념일을 챙긴다지만, 그래도 사랑을 논하려면 열여섯 살 정도는 되어야 하지 않을까. 하지만 벚꽃잎이 비처럼 내리는 열여섯의 봄은 사랑을 논하기에 뿌옇고 탁하다. '사랑은 사치이고 연애하면 이생망' 같은 말들이 미세 먼지처럼 떠돈다. 사랑에 쏟을 에너지가 있으면 공부해야 하지 않겠냐는 무언의 압박이 집과 학교에서 빗발친다. 소녀 소년의 선배 세대는 연애, 결혼, 출산을 포기한 '3포 세대'라더니, 결국 사랑은 공룡처럼 지구에서 자취를 감추는 것인가. 그 나이에 아파트 놀이터에서 남자 친구와 입맞춤했던 중년은 왠지 마음이 짠하다.

"선생님, 너무 발랑 까지신 거 아닌가요?"

첫 키스 이야기를 해 달라고 해서 해 줬더니 곧바로 불만 신고가 접수되었다.

"내 참, 남의 연애 부러워 말고, 품평도 자제합시다. 열여섯이 어떤 나이인가요? 그 사람의 배경이나 능력과 상관없이 그 사람 자체만을 좋아할 수 있는 나이 아닌가요? 그런 사랑은 열여섯 언저리에만 가능할 것 같아요. 물론 어디까지나 제 개인적인 생각입니다만."

말은 이렇게 했지만 돌아서서 생각하니 글쎄, 아닐 수도 있겠다. 여든여덟쯤 되어 외모는 〈반지의 제왕〉에 나오는 골룸과 같고 노후 대비를 제대로 하지 못해 산꼭대기 옥탑방에서 홀로 산다고 치자. 젊지도 곱지도 유능하지도 않은 나를 누군가 사랑한다고 말한다면, 그야말로 진정한 사랑의 승리가 아닐까 싶기도 하다. 소설 쓰고 있다고요? 지금은 문학 시간이거든요. 문학 시간이 아니면 언제 소설을 쓰겠어요.

연애하면 망한다는데요

내가 출강하는 학교는 학칙으로 연애를 금지한다. 하지만 법으로 막는다고 좋아하는 마음까지 막을 수는 없는 노릇 아닌가. 사랑의 텔레파시는 교내를 부지런히 오가다가 운 좋으면 작은 불꽃을 튀긴다. 재채기와 사랑은 숨길 수 없으니, 몰래 하더라도 사랑은 어떻게든 티가 난다. 사랑에 빠진 당사자는 사랑을 자랑하고 싶은 마음과 사랑을 수호하고 싶은 마음 사이에서 오락가락한다.

"I랑 Z랑 딱 걸렸잖아요. 멀지도 않은 길 건너에서 끌어안고 있더라고요."

데이트하다가 걸려서 교무실로 불려 가기 전까지, 몰래 한 사랑의 바운스는 두근두근 계속된다. 그러다 졸업하고 예쁘게 사귀라는 훈시를 듣고, 실상은 어찌 되었든 공식적으로 이별하고, 주워 담을 수 없는 마음은 문제집 사이에 억지로 끼워 넣는다, 흑.

윤기 나는 머리카락과 맑은 피부가 고와서, 농구 시합에서 리바운드하는 모습이 박력 있어서, 수학 문제를 푸는 손가락이 분출하는 지적 매력에 넋이 나가서…… 멋진 사람을 좋아하지 않기란 참으로 쉽지 않다. 나도 모르게 그 사람에게 시선이 가니까. 혹 저쪽에서 이쪽과 시선이라도 마주쳤다가는 심장이 두 배로 뛰니 큰일이다. 잠깐의 두근두근 콩닥콩닥이 지나가면 누가 누가 더 다정한가, 다정 배틀이 본격적으로 시작된다. 처음엔 멋있어서 좋아하지만 사랑이 유지되려면 밀당이 아닌 다정이 오가야 하니까, 다정하려면 상대방에 대한 관심과 배려가 있어야 하니까 아무래도 에너지가 많이 든다.

학교에서 연애를 금하는 조항에는 청소년기를 먼저 보낸 인생 선배들의 경험이 녹아 있다는 것, 인정한다. 그런데 삶이 그렇게 계획적으로, 순차적으로, 생각한 대로 흘러가던가? '어느 날 사랑이 나에게 찾아오면' 어쩌라는 건지. 요즘 말로 '강무시'하고 앞만 보고 달리는 게 정말 최선일까?

사랑, 그게 뭔가요. 관심 없습니다.

문학 수업 과제로 작품 감상문을 받으면 이렇게 심드렁한 한마디를 던지는 이들도 꼭 있다. 소수 의견이지만 존중받아야 마땅하다. 평생 연애 감정을 느끼지 않아도 잘 먹고 잘 살 사람은 분명히 있을 테니까. 사랑에 들어가는 시간과 정성을 다른 데 투자해도 문제없다. 기후 위기 탓인지 사랑의 유통 기한도 점점 짧아지고 있다. 피로 사회에서는 썸 타는 것마저 피곤한 일이라 부담스럽단다. 사랑을 강요할 생각은 전혀 없다. 낭만적 연애 감정에 빠지지 않으면 덜떨어진 인간으로 모는 온갖 매체에 신물이 나기도 한다. 사랑은 어디까지나 개인의 선택이다. 사랑할 수도 사랑하지 않을 수도 있다.

하지만 우리는 모두 사랑의 결실로 이 세상에 존재하고 오늘도 누군가의 사랑으로 하루를 버티고 있는 것도 사실이니, 문학 선생이 사랑의 찬가를 부른다고 너무 타박하진 말기를. 하룻밤 불장난으로 끝날 수도 있었던 열여섯 동갑내기 소녀와 소년의 사랑은, 백성은 안중에도 없이 오직 놀고먹을 생각만 했던 변학도를 무너뜨리고 남원 백성에게 정의와 평화를 안기는 수준으로 업그레이드되지 않았는가. 진정한 사랑은 사람을 구하니 역시 사랑은 해 볼 만한 것이로다.

기승전사랑? 안전한 덕질!

내가 좋아하는 사람이 나를 꼭 좋아한다는 법은 없다. 반대 경우도 마찬가지다. 소설에서는 사랑을 이루지 못하고 혼자 외로이 마음만 태우다가 죽은 이들이 소복을 입은 처녀 귀신으로 나타나곤 하는데, 현실에서는 귀신보다 사람이 더 무섭다. 상대방이 자신의 일방적인 호감을 받아들이지 않는다고 배신감에 몸을 떨다가 흉기를 집어 들기도 하고, 멀쩡히 잘 사귀다가 폭력을 행사하기도 하고, 24시간 녹화되는 CCTV처럼 스토킹하는 경우도 있으니 이 세상을 안전하게 살아가려면 사

랑하지 말아야 한다는 생각도 든다. 어떤 사랑은 분명히 나쁘고 위험하다. 적당히 따뜻하면서 안전한 사랑은 없을까?

　방법이 전혀 없진 않다. 손에 닿을 수 없는 사람을 사랑하면 된다. 멀리서 지켜보기만 해도 좋은 사람, 같은 하늘 아래 같은 공기를 마시고 산다는 사실만으로 행복감을 주는 사람 말이다. 사람과 신 중간쯤에 있으니 별이라 불러도 되겠지. 스타의 덕후로 거듭나면, 말 그대로 '입덕'하면 더 이상 남의 사랑 타령에 흔들리거나 속상해하지 않아도 된다. 사랑의 주인공이 되어 온전히 나의 마음을 그에게 바칠 수 있다. 놀랍게도 그 사람을 나 혼자가 아니라 여럿이 함께 사랑할 수도 있다. 심지어 그 엄청난 사랑의 에너지는 때로 세상을 아름답게 비추기까지 한다. 팬클럽의 선행은 덕질이 가치 있는 행동이라는 사실을 증명하고도 남는다. 이렇게 덕을 쌓다 보면 언젠가 '성덕'이 될 날이 오지 않을까?

　책상 앞과 스마트폰을 그의 사진으로 도배하고 틈날 때마다 오로지 그의 노래만 들으며 그의 굿즈를 사 모으진 않는다고 덕후의 반열에서 배제하면 곤란하다. 사랑에는 돈이 드니까 지갑이 허락하는 만큼만 사랑할 수밖에 없지 않나. 그를 응원하는 마음만큼은 진심이라는 말씀. 소녀 소년이 피곤한 하루를 마치고 그를 꿈에서 만나기를 기원하며 잠자리에 들 수 있다면 해피 엔딩이다.

하지만 이 사랑도 항상 안전하고 포근하다고 볼 수는 없다. 소녀 S는 생애 첫 덕질의 기쁨을 온전히 만끽하지 못한 채로 '탈덕'해야 했다. 2019년 여름, 한 유명 서바이벌 오디션 프로그램에서 선발된 보이 그룹은 투표 조작이 있었다는 사실이 밝혀져 데뷔한 지 6개월이 채 되지 않아 해체했다. S의 사랑은 어른들의 장난질로 처참하게 부서졌다. 소녀의 방에 처음으로 붙었던 포스터는 벽지에 테이프 자국만 남긴 채 사라졌고, 음반과 포토 카드는 서랍 깊숙한 곳 어딘가에 박혀 버렸다. 이런, 이 장의 제목은 '사랑이 우리를 구원하리라'인데…… 망했다. 어떻게 되살릴 방법이 없을까?

아무래도 사람을 사랑하는 건 안 되겠다. 어릴 때 공룡이나 우주에 꽂히듯 게임이나 애니메이션 덕후가 되는 게 나을지도. 적어도 배신당하지 않고 사랑의 기쁨과 에너지를 누릴 수 있을 테니까. 공부 안 하고 또 쓸데없는 짓을 하고 있다는 말을 들으려나. 뭐든 한 우물을 파면 물은 나오게 되어 있으니까 걱정하지 마시라고, 우리나라는 물 부족 국가라 이것도 미래 사회에는 유용한 기술이라고 안심시켜 드리자. 마음이 가는 곳에 부은 사랑은 언젠가 꽃을 피우고 열매를 맺을 것이다. 삶이 고비 사막, 시베리아 벌판이더라도 손톱만 한 사랑이 있으면 가슴속 샘은 마르지 않는다. 그 샘에선 다음과 같은 노래가 들리는데…….

"지치고 힘들 땐 내게 기대. 언제나 네 곁에 서 있을게. 혼자라는 생각이 들지 않게 내가 너의 손 잡아 줄게."

참, 내가 1세대 아이돌 god 팬이라는 말은 안 했던가?

〈촛불하나〉, god, 2000.

행복은 성적순이 아니잖아

'하면 된다'와 '해도 안 된다' 사이에서

나는 대안 학교에서 문학과 글쓰기를 가르치고 있다. 작은 학교에서 얼굴과 이름, 삶의 상황을 아는 청소년들과 만나기에 관계의 밀도는 꽤 높은 편이고, 그들이 쓴 글을 읽고 피드백을 해 주기에 그 속내도 조금 더 아는 처지다. 소녀 소년을 개별적으로 알아 갈수록 사람마다 개성이 다르듯 학습 스타일도 천차만별이라는 사실을 인정하게 되었다.

P는 혼자 하는 공부를 선호한다. 반면 B는 여럿이 함께 공부할 때 숨겨진 힘이 솟아 나온다. 공부는 조용히 해야 한다고 생각하기 쉽지만, O는 혼잣말로 중얼거리면서 공부한다. H는 엉덩이의 열기로 의자가 녹아 없어질 때까지 하는 공부만이

정석은 아니라는 사실을 증명이라도 하듯이 앉았다 일어났다 왔다 갔다 하면서 공부한다.

지피지기면 백전불태라고 먼저 자신의 학습 스타일을 파악할 필요가 있다. 요즘 말로 '자기 주도 학습'이 되느냐 마느냐는 자기를 얼마나 잘 알고 있느냐에서 출발한다. 내가 뭘 알고 뭘 모르는지를 구분할 줄 알면, 성적이 오르는 것은 시간문제다. 공부에 집중하지 못하게 방해하는 것과 천천히 거리를 두면서 시간을 투자하면 된다. 물론 요즘처럼 재미있는 게 넘쳐나는 세상에서 이 말을 실천하기가 쉽지 않다. 그래도 불가능한 일은 아니다.

"선생님, 저는 공부해도 안 되네요. 여기까지가 제 한계인가 봐요."

할 수 있는 최선을 다했지만 결과가 만족스럽지 않게 나오기도 한다. Y는 노력이란 노력은 다 짜냈다. 수업도 열심히 듣고 과제도 충실히 하고 야간 자율 학습도 빠지지 않았다. 그런데도 성적은 크게 오르지 않았다. Y의 말에 딱히 답할 말을 찾을 수 없었다. 틀린 말이 아니기 때문이다. 해도 안 되는 지점이 있다. 공부는 엉덩이로 하는 거라고들 하지만 엉덩이가 머리를 뛰어넘지 못하는 순간이 있다. 능력이 딱 거기까지인 것이다. 위로될 말을 해 주고 싶어도 할 수 있는 말이 없다. 그래도 한마디만 하자면, 그대는 후회나 아쉬움이 없는 지점에 서 있노라고 말해 주고 싶다.

이와는 정반대로, 어떻게든 공부하지 않으려는 이들을 만나기도 한다. 그 정도는 괜찮다. 학교에 다니는 시기에는 재미를 못 붙였다가 오히려 졸업하고 난 뒤에 공부의 불꽃을 활활 태우는 경우도 적지 않다. 학교에서 하는 공부, 성적과 입시를 좌우하는 공부가 공부의 전부는 결코 아니니까.

드물지만 소위 '근자감(근거 없는 자신감)'에 사로잡힌 소녀 소년을 만날 때도 있다. 나도 모르게 3초짜리 한숨이 흘러나온다. 나만 당황할 뿐, 당사자는 태연하다.

"저는 언제든 마음먹고 공부하면 성적이 오를 거예요."

U가 얼굴 가득 미소를 발하며 말했다. 그래요, 맞아요. 일체유심조니까 뭐든 마음먹기 나름이죠. 하면 됩니다. 그런데 그게 도대체 언제인 겁니까? 나는 그의 미래를 들여다볼 능력이 없다. 그러므로 함부로 속단할 수 없다. 언젠가 U가 허풍을 접고 바닥부터 차분히 시작할 수도 있으니 열린 결말로 남겨 두자. 그 허풍의 가죽이 하도 질기고 단단해 불안하지만…….

공부의 재미

학생은 배우는 사람이다. 학교 밖에도 학생이 없지는 않지만, 학생은 주로 학교에 다니며 공부한다. 그렇다고 입학하기 전에 아무것도 안 배웠다는 뜻은 아니다. 세상에 태어나지 않았을 때부터 우리는 엄마 배 속에서 외부의 소리를 듣고 '배웠다.' 응애응애, 엉금엉금에서 아장아장을 거쳐 깡총깡총에 이르기까지 우리를 둘러싼 세상 만물이 선생님이었고 교과서였다. 잠시 눈을 감고 떠올려 보자. 졸린 눈을 비비며 조립했던 블록 장난감, 잠자리에서 부모님이 몇 번이고 읽어 준 그림책, 거리에서 발견한 이름 모를 작은 꽃의 향기……. 배움은 재미있고 즐겁고 신나는 일이었다.

유치원과 초등학교를 졸업하자 중·고등학생이 되었다. 학교는 본격적으로 배우는 곳, 곧 공부하는 곳이니까 적어도 두 배로 재미있고 즐겁고 신나야 할 텐데 현실은 그렇지 못하다. 재미는 사치에 즐거움은 쉬는 시간과 점심시간에나 아주 잠시 누릴 수 있고, 종례를 마치면 한껏 신이 나는 게 아니라 신물이 난다. 의외로 재미는 되었고 어떻게든 성적이나 올랐으면 좋겠다는 소녀 소년이 많다. 성적과 입시를 위한 공부가 공부의 전부는 아니라고 외치고 싶지만, 수업 시간이 끝날 때마다

"다음 시간까지 싹 복습해 오세요."를 되뇌는 처지라 크게 외치지는 못한다.

학교에서 공부의 즐거움을 맛보지 못하는 현실은 소녀 소년의 잘못이 아니다. 높은 성적을 받아서 명문 대학에 진학한 뒤 고소득 전문직에 종사해 건물주가 되는 삶이 성공이며 행복이라고 선전하는 어른들의 탓이다. 그 어른들을 어떻게 처리할지는 나중에 생각하기로 하고, 여기서는 공부에 관한 다양한 논의 중 딱 한 가지 주제만 공략하려고 한다. "재미있게 공부해서 성적도 올린다."라는 비현실적인 문장을 파고들어 보겠다.

공부를 왜 해야 하느냐고 묻지는 마시라. 그건 군인이 왜 나라를 지켜야 하느냐, 직장인이 왜 출근해야 하느냐, 부모가 아이를 왜 키워야 하느냐는 질문과 별반 다르지 않다. 생계를 위해 일하는 학생도 있고 어린 동생을 돌봐야 하는 학생도 있지만, 대부분의 청소년은 공부만 하면 된다. 그래서 공부하려고 학교에 왔는데 잠시 시야가 흐려졌다가 정신을 차리면 과학 쌤이 사회 쌤으로 바뀌어 있다. 생각지도 못한 사이에 잠들었나 싶어 자괴감이 든다. 두 시간 전까지 머물러 있던 따뜻한 이불 속이 그리워지고, 다람쥐도 동물권을 주장하느라 잘 돌리지 않는 쳇바퀴를 내가 돌리고 있다는 자각에 우울해지기도 한다. 때가 되면 몰아치듯 돌아오는 지필 고사와 수행 평가 사이에서 나를 구원할 것은 오직 떡볶이와 불닭볶음면뿐이라니 눈물이 찔끔 나지만, 남들은 나와 달리 알아서 척척 앞으로 가는 것 같아 긴 한숨을 내쉬고 싶지만, 아직 포기하기에는 이르다. '공부는 무슨 공부, 내가 학교에 놀러 오지 공부하러 오나?' 하고 콧방귀를 뀌기 전에 숨겨진 공부의 재미를 찾아보자.

공부에는 두 종류의 재미가 있다. 첫째, 몰랐던 사실을 아는 재미다. 지적 호기심이 충족되면 재미를 느낀다. 화장실 좌변기에서 똥오줌과 함께 흘려보낸 물이 크게 한 바퀴를 돌면 얼굴과 몸을 씻고 정수해서 마시는 물이 된다는 사실을 알았을 때, 재미를 넘어 흥분을 느낀 사람은 나뿐인가? 학교 공부는 청소년이 지적 수준에 맞는 재미를 맛보도록 설계한 교육 과정에 따라 구성되어 있다. 만일 '수업을 못 알아듣겠는데 재미는 무슨……' 같은 혼잣말이 튀어나온다면 다행히 해결할 방법이 있다. 이전 학년에서 배웠지만 까먹은 내용을 복습하면 된다. 시간은 좀 걸리더라도 남들이 맛보고 있는 재미에 동참할 수 있다. 혹시 '이미 학원에서 배운 걸 또 듣는데 재미는 무슨……' 같은 탄식이 흘러나온다면 안타깝지만 답이 없다. 인어 공주가 다리와 목소리를 맞교환했듯 선행 학습은 공부의 재미를 날려 버리니까(생각 같아서는 선행 학습을 헌법으로 금지하고 싶다). 2025년 시행 예정인 고교학점제는 학생의 관심과 흥미를 고려해 '골라서 공부하는 재미'를 맛보게 하려는 제도다. 공부하면서 지적 호기심이 충족되는 과정은 맛집 순례의 경험과는 또 다른 즐거움을 선사한다.

첫 번째 재미가 공부의 본질적 재미라면, 두 번째 재미는 부수적 재미다. 공부에 재미를 느끼면 좀 더 책을 들여다보게 되고, 그렇게 시간을 들이면 성적이 오를 가능성은 커진다. 이런 과정에서 '성적이 오르는 재미'를 경험할 수 있다. 이미 고3이라면 이 재미를 경험하기가 쉽지는 않다. 하지만 성적이 바닥이라면 완전히 불가능한 것도 아니다. 아이러니하지만 공부 자체의 재미를 맛보지 못했더라도 성적이 오르는 재미는 경험할 수 있다.

난 너밖에 없다던 여자 친구 또는 남자 친구가 우연히 내 민망한 수학 성적을 알게 되자 사랑으로 감싸 주는 게 아니라 "난 공부 못하는 여자/남자는 싫어!"라고 말하면서 뒤도 안 돌아보고 떠나갔다면? 샤프심이 부러질 정도로 분노가 치밀 때 그 분노 에너지를 밑천 삼아 문제를 풀어 보는 건 어떨까.

'나와 헤어진 걸 후회하게 만들어 주겠어!'

사랑은 떠났지만 아름다운 점수는 길이길이 남고 자존감은 자동으로 올라갈 것이다.

'이미'와 '아직' 사이에서

사람들은 세상이 놀라운 속도로 변한다고 말한다. 이 주장을 뒷받침하는 과학과 기술의 진보는 한둘이 아니지만, 어린 시절에 본 SF 영화에나 등장했던 자율 주행 차와 수소 차가 눈앞에서 굴러다니는 풍경만 봐도 지금이 현재인지 미래인지 헷갈릴 지경이다. 게다가 코로나19로 인해 뉴노멀 시대가 도래했다고 하니 더욱 어지럽다. 미래는 이미 와 있는 것일지도 모른다. 이런 상황에서 명문 대학 졸업장이 더 이상 미래를 보장하지 않는다는 전망도 나온다. 오늘도 고3 수험생들은 수시와 정시를 저울질하며 입시 전략을 세우는데, 좋아하는 일을 하면서 행복하게 사는 미래는 과연 언제 오는 걸까? 아직은 오지 않았다. 소녀 소년은 이미와 아직 사이에 끼어 있다.

기성세대가 만든 질서를 거스르고 변화를 선도하며 물에 뛰어드는 첫 번째 펭귄이 되고자 하는 소녀 소년에게 박수를 보낸다. 일등부터 꼴등까지 줄 세워 맨 앞에서부터 몇 명만 쓸모 있다고 여기는 학력주의를 거부하는 용감한 청소년들을 응원한다. 하지만 어떻게든 앞자리를 차지하려고 자기 자신과 싸우며 킬러 문제를 푸는 청소년들에게도 진심 어린 박수를 보낸다. 각기 자질과 상황이 다를 뿐 불확실한 미래에 제 나름대로 맞서는 중인 걸 잘 알고 있으니까. 이미와 아직 사이에서 무엇이 정답인지 알 수 없는데, 어떻게 미래를 예견할 수 있을까.

미래에는 교사가 가르치는 방식도 변화한단다. 교사는 가르치는 사람이기보다 지식 전달은 최소화하면서 학생이 스스로 학습에 대해 동기 부여를 할 수 있도록 돕고 학습 방법을 코칭하는 사람이 될 것이란다. 그렇다. 미래가 180도, 아니 540도 바뀌더라도 최소한 교육에서 중요한 한 가지는 변하지 않으리라. 학교에서 수없이 연습한 '자기 주도 학습' 말이다. 미래가 너무 빨리 와서 세상이 홀딱 바뀌어 기존 지식이 아무 쓸모가 없어지면 살아남을 방법은 하나뿐이다. 아무것도 모른다는 사실을 인정하고 새로운 지식을 적극적으로 배우면 된다. 모르는 걸 알게 되는 데서 얻는 재미는 꽤 쏠쏠할 것이다.

미래의 주인공인 소녀 소년이 주눅 들지 않고 용감하게 세상으로 나갈 수 있기를. 이들이 공부의 재미를 맛보도록 옆에서 돕는 재미는 내 몫이다.

널 응원해

취미, 꿈 그리고 선택

좋아하는 것이냐 잘하는 것이냐

지금으로부터 5년 전, 우리 집 소년 S의 초등학교 졸업식 날이었다. 졸업식장 무대에 설치된 대형 화면에는 졸업생 한 명 한 명의 이름과 사진이 담긴 PPT 슬라이드가 지나갔다. 사진 옆으로 졸업생의 '꿈'도 보였다. 의사, 변호사, 연예인, 운동선수……. S의 꿈은 영화감독이었다. 모두 "꿈이 뭐예요?"에 대한 단골 답변들이었다.

꿈은 장래 희망이고 직업이지만 동시에 직업을 뛰어넘는 삶의 방향이기도 하다.

"저는 사람들을 웃기고 싶어요."

열네 살 소녀 E가 배시시 웃으며 이렇게 말했을 때, 나는 순간 어지러웠다. 꿈이 뭐냐는 질문에 대한 답치고는 예상 범위를 벗어나서였다. 내가 말귀를 못 알아들은 표정을 짓자 E는 설명을 덧붙였다.

"주위 사람들이 저 때문에 기쁘고 기분이 좋아진다면 보람 있을 것 같아요."

단순히 코미디언이 되고 싶다는 말이 아니었다. 특정 직업에 매이지 않는, 인생의 큰 그림이었다. 어디에서 무슨 일을 하든 E는 주변 사람들을 미소 짓게 만드는 사람이 되겠지. 거참, 웃기는 소녀로구먼. 그 포부가 탐났다.

모든 소녀 소년이 어릴 때부터 E처럼 큰 그림을 그리지는 않는다. 큰 그림이 없더라도 부모의 돌봄을 받을 나이가 지나면 스스로 일하고 돈을 벌어 먹고살아야 한다. 뭐든 해야 한다면 이왕 잘하면서 좋아하는 일을 하고 싶은 게 당연하다. 그런데 그게 말처럼 쉽지가 않다.

소년 S가 다니는 고등학교에서 교사가 아닌 학부모로 스무 명 남짓한 학부모들 사이에 앉아 진학 지도 담당 선생님의 이야기를 듣는 시간이 있었다.

"좋아하는 것과 잘하는 것 중에 뭘 해야 할까요?"

앞에서 물어도 후딱 대답할 한국인은 별로 없기에 소리 없는 말줄임표만 굴러다녔다. 하지만 한 박자 기다리니 여기저기에서 속삭이듯 답변이 새어 나왔다.

"잘하는 거요."

선생님은 고개를 끄덕이며 말했다.

"아이들은 의외로 이걸 잘 몰라요. 그래서 저는 이렇게 말합니다. 얘들아, 내가 전지현이 될 수 있을까?"

내가 전지현이 되려면 남들보다 '뼈 깎는' 노력을 열 배 스무 배는 해야 하지 않겠냐는 익살스러운 설명에 여기저기에서 키득이 쏟아졌다.

좋아하는 걸 잘하기까지 하면 얼마나 좋을까. 그리고 그 좋아하고 잘하는 것이 마침 미래 사회에서 유망한 일이라면 더 바랄 게 없겠지. 당연히 돈은 많이 벌릴수록 좋을 테고. 이 정도 되면 보람은 자동으로 따라올 것 같다. 하지만 앞서 말했듯 이 미래가 어떻게 될지는 아무도 모른다. 일정 수준으로 예측할 수 있을 뿐이다. 심지어 그 예측을 들여다보고 있으면 인공지능으로 무장한 기계 노동자에게 일자리를 빼앗긴다는 공포심만 부푼다. 기본 소득도 우리에게는 아직 먼 나라 이야기인 것 같은데 당장 대학에 진학해 뭘 공부할지 결정하란다. 그런데 대학 전공을 활용해 취업하거나 창업해도 지금의 소녀 소년은 평균 수명 120세의 절반, 60세까지 일하기도 어렵다. 멀리 볼수록 답은 안 나온다. 미래 사회를 그린 SF 영화들이 하나같이 우울한 건 이유가 있었구나. 그렇다고 인생을 시작하자마자 관 뚜껑 짜고 들어가 누울 수는 없으니 뭐라도 해 봐야지.

좋아하는 일은 취미로 간직하라는 말이 있다. 일이 되면 힘들고 괴로운 부분도 생기기 마련이니, 좋아하는 일을 무조건 직업으로 삼으려고만 하지 말라는 의미다. 소년 G와 F는 일본 만화 덕후였다. 만화를 향한 그들의 애정은 특별했다. G는 일본 콘텐츠와 관련된 소논문을 쓰기까지 해서 나는 당연히 그가 만화와 관련된 일을 하리라 생각했다. 그런데 웬걸, G는 대학 입시에서 만화와 아무런 상관이 없는 전공을 선택했다. 무시로 만화를 그리던 F는 만화와 전혀 상관없는 바리스타가 되겠다고 하더니만 만화학과에 진학했다. 그래, 취미면 어떻고 직업이면 어떤가. 좋아하는 건 좋아하는 거로 남으면 되었지. 좋아하는 것에 쏟았던 사랑과 추억이 삶을 아름답게 만들었으면 그걸로 된 거지.

해 봐야 알지

내가 뭘 잘하는지 못하는지 어떻게 알 수 있을까? 의외로

답은 간단하다. 해 보면 된다. 뭐든 닥치는 대로 해 보는 거다. 음식도 먹고 또 먹어 봐야 내가 뭘 좋아하는지 알듯이, 내가 뭘 잘하는지 못하는지도 자꾸 해 봐야 안다는 말이다.

우리 집 소녀 J는 초등학생 때 방과 후 도자기 교실에 다녔다. 3년 동안 매주 토요일마다 도자기를 빚었다. 졸업하기 직전에는 상당히 괜찮은 작품을 만들었기에 손재주가 좋은 줄로만 알았다. 중1이 되어 1인 1기 시간에 가죽 공예를 하게 되었는데 의외의 결과물이 나왔다. 몇 주 동안 땀을 삐질삐질 흘리며 만든 것치고는 결과물이 초라했다. 전체적으로 마감은 엉성하고 박음질은 삐뚤빼뚤했다. 여보세요, 당신 손재주 있는 분 아니었나요? 아니란다. 자기는 '똥손'이란다. 이상하다, 도자기는 안 그랬는데……. 찬찬히 되짚어 보니 J가 만든 도자기들은 확실히 만듦새보다 아이디어, 즉 디자인이 좋았다.

J가 '금손'이 아니라는 사실을 확인하는 일이 또 있었다. 한번은 방에서 온라인 수업을 받던 J가 비명을 지르며 뛰쳐나오는 게 아닌가.

"똑같은 일을 계속 반복하니 미칠 것 같아!"

수업으로 보석 십자수를 배우다가 참지 못하고 도망 나온 것이다. 결국 J의 보석 십자수는 세심하고 꼼꼼한 아홉 살 남동생이 대신 완성했다.

공부의 부담이 쓰나미처럼 몰려오기 전에 이것저것을 해보자. 중1 자유학년제는 바로 이런 맥락에서 탄생한 제도다. 진로 관련 과목을 듣고, 진로 적성 검사도 하고, 학교 안팎에서 다양한 프로그램에 참여할 수 있다. 검사 이야기가 나왔으니 말인데, 진로를 선택할 때 자신의 성향도 고려할 필요가 있다. 남에게는 신나는 일이 나에게는 쥐약일 수 있다. 그건 가치관이 달라서이기도 하지만 성향 차이도 한몫한다. 가령 사람을 만나야 에너지를 얻는 사람이 종일 실험실에 혼자 틀어박혀 있으면, 시험관과 플라스크를 상대로 혼잣말 대잔치를 벌일지도 모른다. 내가 뭘 잘할 수 있는지 알려면 먼저 나를 관찰하고, 조사하고, 연구해야 한다. 자신에게 물어도 별 답이 나오지 않으면 가까운 사람들에게 물어보는 것도 좋은 방법이다. 가끔 수업 시간에 진도를 빨리 나가면 같은 반 친구들의 특성을 찾아내 장점, 강점을 칭찬하는 시간을 가지곤 하는데 생각 이상으로 반응이 좋다(같이 사는 가족의 반응은 보장 못 하겠다. 서로 쌓인 게 많다 보니 덕담을 주고받기 어려울 가능성이 크다).

나와 남 모두에게 무언가를 잘한다고 인정받으려면 상당한 시간과 정성을 쏟아야 한다. 뮤지컬 배우를 지망하는 소녀 H를 교실에서 만나면 늘 피곤해 보였다. 수업을 듣겠다는 의

지는 가상한데 눈꺼풀은 자꾸 아래로 떨어지니 오히려 지켜보는 내 애가 탔다. 학교에 다니면서 뮤지컬 무대에 선다는 건 아무나 할 수 있는 일이 아니지. 얼마나 피곤하면 저렇게 수시로 졸까. 수업을 마치고 연습실에 가서 늦은 밤까지 연습한다니, 나라면 돈을 주면서 하라고 해도 거절할 일이었다. H가 출연한 작품을 보러 간 날, 어지간해서는 놀라지 않는 편인데 정말 깜짝 놀랐다. 무대 위에서 춤추고 노래하는 H는 내가 알던 교실의 그 소녀가 아니었다. 우리나라 공연 예술의 발전을 위해 앉아서 졸지 말고 엎드려 푹 자라고 할걸, 뒤늦은 후회가 밀려왔다.

"저는 잘하는 게 없어서 고민이에요."라고 말하는 이들도 적지 않다. 그때마다 나는 딱 잘라 말한다.

"숙제를 잘해 오세요."

우주 최강의 꼰대 선생을 만나 입을 다물지 못하는 소녀 소년의 턱을 살짝 올려 주며 친절하게 덧붙인다.

"하루에 가장 많은 시간을 쓰는 이곳, 학교에서 하는 일부터 잘해 보는 겁니다. 제가 낸 숙제는 책을 읽고 그 내용을 이해하고 요약하고 정리하면서 자기 의견을 쓰는 거잖아요? 공부의 기본기를 다지기에 이보다 더 좋은 숙제가 없어요. 시간과 정성을 들인 만큼 결과물은 좋을 거예요. 좋은 점수는 기본으로 얻고 덤으로 칭찬까지 받겠죠? 나는 잘하고 있다는 확신, 그 확신이 쌓이면 자신감이 생기고 낯선 영역에도 도전할 수 있습니다."

일의 기쁨과 슬픔

고등학교에 입학하면 뭐가 되었든 진로 방향을 잡고 대학 전공도 골라야 한다. 중3 때 특목고나 특성화고에 진학하려고 준비했던 이들을 제외한, 인문계 고등학교에 다니는 대부분의 청소년은 이 무렵 인생에서 첫 번째로 심각한 결정을 내리는 셈이다. 지금까지 부모의 도움으로 내렸던 선택과 달리, 내 인생을 내가 책임지는 긴 여정을 시작하는 선택이니 아무래도 비장할 수밖에. 하지만 순간의 선택이 평생을 좌우하지는 않는다. 대학에 진학하면 복수 전공이라는 제도도 있고, 대학원에 가서 전공을 바꿀 수도 있다.

U는 내가 아는 사람 중에서 가장 워라밸, 즉 일과 여가의 균형을 잘 맞추며 산다. 해외에서 상품을 수입해 국내에 파는 일을 하는데, 사장이면서 유일한 직원이라 망하든 흥하든 모두 본인이 책임져야 한다. 부담감이 크겠지만 돈도 잘 벌고 사

장님으로서 자유를 만끽하니 부럽다. 그런데 U는 대학을 다닐 때 무역과는 전혀 상관없는 전산학을 전공했다. 심지어 그 전공은 음대 입시에 도전했다가 실패한 뒤 차선으로 한 선택이었다.

C는 어릴 때부터 누가 꿈을 물으면 항상 똑같은 대답을 했단다. 그의 대답은 기승전'간호사'였다. C는 열심히 공부해 간호대에 진학했고 종합 병원의 간호사가 되었다. 그런데 병원에서 '태움'이라고 불리는 괴롭힘을 당했다. 오직 간호사만 꿈꿨고 꿈을 이뤘는데, 간호사가 아니라면 겪지 않을 고통을 당했다. C는 고민에 고민을 거듭하다 사표를 냈다. 그리고 시간이 조금 걸렸지만 국가 고시를 준비해 간호직 공무원이 되었다. 수입은 3분의 1로 줄었지만 보건소에서 근무하는 지금이 훨씬 행복하다고 말한다.

인생은 선택의 연속이고, 한 번의 선택이 평생을 좌우하지도 않는다. 어떤 일을 하면서 먹고살지는 신중히 선택해야겠지만, 때론 고민하는 데 시간을 쏟기보다 일단 부딪쳐야 길이 열리기도 한다.

나의 1번 제자 M은 대학 교직원이다. 대한민국에서 안정적인 걸로 둘째가라면 서러운 직업 중 하나다. 남들은 못 들어가서 안달인 그 자리가 M에게는 죽을 맛이었다. 처음부터 일을 잘하는 사람은 없으니까 어리바리한 수습 기간을 거쳐 1년을 버티고 2년을 채우다 일밖에 모르는 상사를 만나 기계처럼 일했다. 스승의 날 안부 문자가 와서 짧은 대화를 이어 가면 늘 '어형형형' 하고 우는 소리로 끝이 나곤 했다. 그런데 올해도 어김없이 도착한 M의 문자를 읽다가 깜짝 놀랐다.

"선생님! ㅎㅎㅎ 회사는 10년이 되니······."

10년? 이게 실화냐? 나는 월요일부터 금요일까지 9시에 출근해 6시에 퇴근하는 직장을 3년 이상 다닌 적이 없다. 이게 청출어람이라는 거구나. 앞으로는 M을 내 인생의 스승으로 모셔야겠네. 존경심이 이구아수 폭포처럼 쏟아졌다.

알랭 드 보통은 『일의 기쁨과 슬픔』에서 할 일이 있을 때는 죽음을 생각하기 어렵다고 말했다. 일하다 보면 거기에 몰두하게 되고, 뭔가를 정복했다는 느낌을 받는다. 일이 품위 있는 피로를 안기고, 식탁에 먹을 것을 올려 주고, 더 큰 괴로움에서 벗어나게 해 줄 거라는 보통의 말은 구구절절 옳다. 일터는 나의 자유를 담보로 잡고 돈과 고통을 맞바꾸는 곳이라는 말도 있지만, 일의 보람이라는 것도 분명히 존재한다. 은퇴자들은 온갖 여가를 즐길 수는 있어도 일의 기쁨은 맛보지 못한다. 양질의 일자리가 점점 줄어드니 대학생들이 1학년 때부터 학점을 관리하고 취업 스터디를 하는 요즘, 일의 기쁨이라는

말 자체가 사치로 느껴지기도 한다. 하지만 희미할지언정 일의 기쁨은 분명히 있다.

토요일 밤, 한껏 여유를 부려도 좋을 시간에 원고를 완성하기 위해 컴퓨터 자판을 두드리고 있다. 몇 문장만 더 쓰면 초고가 완성된다는 설렘이 있기 때문이다. 좋아하는 일이 잘하는 일이 되기까지 무수한 밤을 밝히고 눈을 부릅뜨며 글을 썼다. 내 마음속에서 한 소녀가 외쳐 준 덕분이다. 포기하지 말고 꿈을 향해 달리라고.

미성숙이 아니라 미성년

반전을 보여 드리겠습니다

소녀 소년은 어른이 아니다. 그래서 술도 못 마시고 담배도
못 피운다. 술과 담배는 만 19세가 되는 1월 1일까지 허락되
지 않는다. 열아홉 번째 생일이 지나면 '미성년자'로 불릴 일
이 없는, 말 그대로 어엿한 성인이 된다. 부모의 친권에서 벗
어나고, 당당하게 "내 일은 내가 알아서 합니다."라고 말해도
경우 없다는 소리를 듣지 않는다. 얼른 성인이 되어야지 서러
워서 못 살겠다거나 미성년자라서 '미성숙'하다고 생각하는
어른들 때문에 짜증 나고 갑갑할 때는 검색창에 '한심한 어른'
을 입력한 뒤 5분쯤 정독하는 것도 방법이다. 어른이라고 다
어른이 아니라는 걸, 우리는 잘 알고 있다. 소녀 소년이 비록

미성년자일지라도 미성숙한 건 아니라는 사실을 말이 아닌 삶으로 보여 준다면, 이보다 더 통쾌한 반전이 또 있을까?

씻느냐 마느냐 그것이 문제로다

모든 인간은 씻지 않으면 몸에서 냄새가 난다. 갓난아이도 이틀만 안 씻기면 정수리에서 고린내가 난다. 아기에게서 나는 향긋한 냄새는 사실 로션 냄새다. 2차 성징이 시작되고 성호르몬의 분비가 왕성해진 사춘기의 몸이야 더 말할 것도 없다. 초여름의 더위도 아랑곳없이 식후에 농구 한판 뛰고 온 학생들을 교실에서 만나면 눈앞이 어질어질하다.

"친구 몸에서 냄새가 나는데 어떻게 해야 해? 참아야 해? 아니면 냄새가 난다고 말해 줘야 해?"

이건 지혜의 왕 솔로몬도 해결할 수 없는 문제다.

"너무 어려운 건 엄마한테 물어보지 마. 지식인에 물으면 뭐라고 하니?"

말해 뭘 해, 하는 표정으로 떠나가는 J의 뒤통수에 대고 차마 다음과 같이 말하진 못했다.

'너도 친구 몸에서 냄새난다고 말할 처지는 아닌 것 같은

데……. 네 정수리 냄새를 화학 무기로 개발하면 세상 모든 악은 한 방에 퇴치 가능하단 말씀.'

몸에서 강력한 냄새가 난다면 두 배로 열심히 씻을 것 같은데, 소녀 소년의 집에서는 오히려 반대 상황이 펼쳐진다. 후각은 워낙 무뎌지기 쉬운 감각이라 정작 당사자는 자기 몸에서 나는 냄새에 둔감한 걸까?

남에게 불쾌감을 주지 않는다면 굳이 안 씻어도 상관없다. 그렇다면 방 밖을 나섰을 때 가족과 마주치지 말아야 한다. '우리가 남이가?' 하는 표정으로 가족끼리는 괜찮다고 뭉개면 곤란하다. 가족도 코가 있고 악취를 맡지 않을 권리가 있다.

물론 씻는 건 개운한 일인 동시에 세상 귀찮은 일이기도 하다. 하지만 귀찮다고 양치질을 빼먹으면 치과 치료의 고통을 감내해야 하듯 귀찮다고 씻는 일을 건너뛸 순 없다. 더욱이 감염병 바이러스가 극성을 부리는 오늘날에는 씻느냐 마느냐가 불쾌감을 주느냐 마느냐의 문제가 아니다. 개인이 위생 관리를 얼마나 철저하게 하느냐에 따라 나 자신과 타인의 건강과 생명이 왔다 갔다 한다. 씻는 건 귀찮지만 어려운 일은 아니다. 이쯤에서 한 가지 진실이 떠오른다. 내가 소녀였을 때 열심히 씻었던 건 남자 친구가 있어서였다. 역시 인류애에 기초해 씻는 게 좋다.

일단은 정리 정돈부터

한 사람이 살아가는 데 필요한 물건의 종류는 몇 가지일까? 어떻게 사느냐에 따라서 천차만별이겠지만, 없어서는 안될 최소한의 물건만 챙긴다고 해도 여행 가방 하나는 금방 채울 수 있을 것이다. 당장 필통만 열어 봐도 필기도구가 다섯 가지 이상은 들어 있을 테니, 무소유를 실천하는 수도사가 되지 않는 한 물건에 둘러싸여 살 운명인 걸 받아들여야 한다. 문제는 물건에 발이 달렸다는 데 있다. 엊그제 과학 시간에 받은 학습지를 어디에 뒀더라, 분명히 가방에 넣었던 것 같은데 왜 없지? 내일 꼭 내라고 했는데……. 당장 필요한 물건과 숨바꼭질을 하다가 뒤졌던 서랍을 또 뒤지다 보면 진이 빠져서 다 때려치우고 싶어진다.

정리 정돈을 할 줄 알면 물건이 제멋대로 돌아다니지 않도록 막을 수 있다. 변수는 물건의 가짓수와 공간의 크기다. 물건이 많아도 공간이 넓으면 아무 문제가 없다. 드라마에 나오는 재벌가 자제라면 정리 정돈으로 고민할 일은 없을 것이다(정리를 대신 해 줄 사람도 있을 것 아닌가). 하지만 평범한 소녀 소년이 물건을 수납할 공간은 옷장 또는 서랍장, 책꽂이와 책상 서랍 정도다. 옷과 책, 학용품, 그 외 물건의 총량이 수납공

간의 크기를 초과한다면 물건을 과감하게 덜어 낼 필요가 있다. 물건의 가짓수를 줄이고 나면 물건의 자리를 정해야 한다. 제자리를 찾으면 물건의 발은 스르르 사라진다.

할 일이 얼마나 많은데 정리 정돈까지 신경 써야 하느냐고? 아침에 눈 뜬 순간부터 밤에 잠자리로 돌아가기까지 좀처럼 쉴 틈이 없다는 것, 인정한다. 하지만 단 1분만 할애해서 입었던 옷을 옷걸이에 걸어 보기를. 귀찮더라도 작은 습관을 반복하다 보면 옷이 바닥에 쌓여서 방이 비좁아지는 일이 없고, 부모의 혈압을 올려 건강을 위협하는 불효를 저지르지 않고, 뱀 허물을 벗는다는 말을 듣지 않고 사람으로 인정받으며 살 수 있다. 쾌적한 환경에서라면 공부하든, 휴대전화를 만지작거리며 음악을 듣든, 멍을 때리든 뭘든 흐뭇하지 않을까. 응? 방바닥에는 머리카락과 먼지가 뒤엉켜 공이 되어 굴러다니고, 과자 봉지와 종이 쪼가리가 낙엽처럼 흩어져 있는데 쾌적이 웬 말이냐고? 그래서 다음 단계는 청소다.

학교 급식을 먹고 나서는 퇴식구에 식판을 가져다 놓으면 끝이지만 집에서 밥을 먹으면 사정이 다르다. 초등학생이 아니니 개수대에 그릇을 넣고 쌩 돌아설 수는 없다. 힘들게 돈을 벌어 밥을 만들어 주신, 혹은 밥을 주문해 주신 분의 노고에 감사하는 뜻에서 사용한 그릇, 수저, 물컵 정도는 스스로 정리하자. 드디어 철들었다는 감탄사가 여기저기에서 터져 나올 것이다. 내친김에 빨래도 널고 개고, 재활용 쓰레기도 분리해서 버리고, 화장실 청소도 해 보면 어떨까. 세상에, 결국 집안일을 몽땅 시키려는 목적이었냐고? '시키는' 게 아니라 '하는' 것이다. 내일모레 스무 살, 나이만 찬 성인이 되는 게 아니라 진정한 성인으로 인정받고 싶다면.

사랑스러운 집밥 H 선생

천지에 맛있는 음식이 널렸고 간편식도 하루가 다르게 진화하는 데다 무엇보다 배달 문화가 보편화한 요즘 세상에서 굳이 집밥을 해 먹을 필요가 있을까? 있다. 5대 영양소가 균형을 이룬 식단으로 규칙적인 식사를 해야 건강에 좋다는 사실을 모르는 소녀 소년은 거의 없다. 그걸 몰라서 자극적인 음식을 찾는 게 아니다. 세상이 나를 그냥 두지 않으니까, 딱 죽을 것 같으니까 강렬한 맛에 잠시 취하기라도 해야 살 수 있을 것 같다. 하지만 그렇게 매일 먹으면 대사 증후군에 걸려 고통당하다가 죽을 수 있다(성급한 일반화의 오류라고 항의하지 말고, 한 50년간 그렇게 했다고 가정하자).

내가 먹을 한 끼로 잡곡밥에 배추 된장국, 김치, 달걀 프라이, 오이와 토마토 샐러드를 준비해 보자. 쌀과 잡곡을 씻어서 불린 뒤 전기밥솥에 넣고 스위치만 누르면 밥은 알아서 된다. 멸치를 끓인 물에 된장을 푼 뒤 배춧잎 몇 조각을 뜯어 넣고 끓이다가 파와 마늘을 약간 넣는다. 국이 끓는 사이에 김치를 썰고 달걀을 부치고 오이와 토마토를 씻어서 썰면 끝이다. 복잡할 게 없다. 매일 밥을 해 먹으면(냉장고에서 굴러다니다가 상해서 버리는 재료가 없다고 치면) 경제적으로도 효과적이다.

어르신 중에는 주방에 들어가면 큰일이 나는 줄로 알고 평생을 살아온 분들도 있다. 하지만 끼니를 챙기던 배우자가 먼저 세상을 떠나면 그때야말로 정말 큰 일이다. 사람은 먹지 않으면 살 수 없고 외식도 하루 이틀이니, 스스로 식사를 챙기지 못하면 생존하기 어려운 처지에 놓인다. 너무 머나먼 이야기처럼 들린다고? 오늘 주어진 하루에 시도하지 않은 일은 내일이 온다고 해도 못 할 확률이 높다.

내가 먹고 싶은 음식을 내 손으로 해 먹을 수 있기에 다른 사람도 먹일 수 있는 능력은 이 세상에서 가장 사랑스러운 능력이다. 우리 집 소녀 소년을 일찌감치 주방으로 초대한 것도 바로 이 믿음 때문이었다. 첫째 S는 중학교 2학년에서 3학년이 되는 겨울 방학에 쌀을 씻어 밥을 짓기 시작했다. 둘째 J와

셋째 H는 더 빨리 주방에 들어왔고, 현재 초등학교 3학년인 H 는 알아서 아침을 챙겨 먹는다. 우유에 시리얼을 말아 먹는 대 신 프라이팬에 버터를 녹여 빵을 굽고 달걀 프라이를 만들고 사과를 깎아서 취향대로 먹는다. 주방 한쪽에서 커피를 내리 는 나에게 "엄마도 토스트 한 쪽 구워 줄까?" 하고 물을 때, 집 밥 H 선생의 목소리에서는 꿀이 뚝뚝 떨어진다. 인간은 홀로 설 때 아름답고, 다른 사람을 부축하며 설 때 더욱 아름답다.

추신1 농경 사회에서 나이 지긋한 어른은 지혜와 경험을 쌓 은 만큼 존경받았다. 하지만 요즘 세상의 어른은 변화의 속도 에 적응하지 못해 당황하는 모습으로 그려질 때가 많다. 어른 말씀을 들으면 자다가도 떡이 생긴다는 속담은 지금과는 맞 지 않을 수 있다. 사실 자다가 생긴 떡은 처치 곤란이다. 양치 질을 끝내고 잠자리에 누웠다가 떡을 먹으면 귀찮게 양치질을 또 해야 하고, 자칫 누운 채로 떡을 먹다가 목에 걸리기라도 하면 한밤에 119를 외쳐야 하고, 떡을 먹지 않고 냉장고에 넣 으면 딱딱해져 아무도 거들떠보지 않게 되고……. 그래도 소 녀 소년보다 인생을 조금 더 살아 본 처지에서 애정으로 건네 는 말이라 생각하고 들어 주면 고맙겠다.

추신 2 청소년의 자립과 생활력에 대해 친절하고 자세하게
설명한 미나미노 다다하루 선생의 책『팬티 바르게 개는 법』
을 한번 읽어 보길 권한다. 읽고 나면 손목과 발목에 힘이 들
어갈 것이다.

나도 정리 정돈부터 해 볼까...

나를 통해 나를 발견하다

소녀 소년은 초록이다

오후 햇살이 분무기에서 쏟아지는 물처럼 퍼지고 남서쪽에
서 부는 바람은 부드럽게 턱 아래를 간질인다. 멍하니 서 있는
전봇대와 별 차이가 없던 나뭇가지에서 손톱보다 작은 연녹색
잎이 삐죽 나온다. 보드랍고 연약해 보이는데 어떻게 거칠고
딱딱한 표면을 뚫는지 놀랍기만 하다. 심지어 금도 은도 보석
도 아닌데 반짝이기까지 한다. 그 빛에 취해 나도 모르게 손뼉
을 친다.

몇 주 전까지만 해도 나무는 죽은 듯이 서 있었다. 겨울의
추위를 견디느라 잎을 다 떨어 버린 나무는 살아 있는데도 생
기가 느껴지지 않았다. 확실히 식물은 초록색 잎을 틔움으로

써 존재를 증명한다. 화단의 낙엽을 슬쩍 걷어 보면 뾰족한 진초록빛 새순이 작은 브이 자를 그리고 있다. 호들갑을 떨고 싶진 않지만, 단체 부활의 현장 앞에서는 마음껏 감격할 수밖에 없다. 비록 집 안의 식물을 소리 소문 없이 죽이는 일급 식물 살해 면허가 있는 처지이긴 하지만, 이 순간만큼은 나무와 풀에 온 마음을 다해 응원을 보낸다. 힘!

식물이 생존하기 위해서는 빛과 물, 공기 그리고 양분이 필요하다. 식물의 엽록소는 빛 에너지를 흡수하는 안테나 역할을 한다. 엽록소가 없으면 광합성이 불가능하고 식물은 생장할 수 없다. 빛이 없으면…… 같은 생각은 하지 않으련다. 온 우주의 불이 꺼지고 어둠만이 가득할 날도 오겠지만 그건 너무 먼 미래다. 광대한 우주 앞에서 사람은 초미세먼지보다도 작으니 거기까지 가진 말자. 한 가지 확실한 사실은 어둠은 빛을 이길 수 없고 빛은 초록을 만든다는 것이다.

소녀 소년은 초록이다. 청소년이라는 말에는 녹색이, 생기가, 에너지가 깃들어 있다. 온 우주를 들었다 놓고도 남을 기운이 그 안에 촘촘히 들어차 있다. 어른들이 자꾸 잔소리하는 것은 이 기운의 가치를 시샘하기 때문이 아닐까? 어른에게 허락되지 않는 청소년의 생기에는 무한한 가능성과 잠재력이 숨어 있다. 그 힘은 자신의 인생을 바꿀 뿐만 아니라 남도 살릴

수 있다. 세상을 새롭고 복되게 만들고도 남는다.

　고조선이 아니라 '헬조선'을 사는데 홍익인간이 웬 말이냐
고 반문할지 모르겠다. 무한 경쟁의 세상에서 앞만 보고 달려
도 이미 출발선 자체가 다른 이들은 저만치 앞에서 여유롭게
걷는다. '주변에서 무슨 일이 일어나든 신경 쓰지 않고 오직
내 한 몸만 챙겨야 겨우 뒤처지지 않지, 주저앉은 사람에게 손
을 내미는 건 멍청한 짓이야.'라고 생각할 수도 있다. 하지만
나만 챙기다 보면 내 안에 깃든 초록빛 기운은 서서히 사라져
간다. 정지우 작가는 『사람은 왜 서로 도울까』에서 '나'는 내
안에 오롯이 들어 있는 무엇이 아니기에 '나'라는 주어가 아닌
나의 행위, 즉 동사에 맞출 필요가 있다고 말한다.

　내가 누군가를 욕하거나, 짓밟거나, 아프게 했다면 그 행동이
　곧 나입니다. 마찬가지로 내가 누군가를 돕고 사랑했다면 그
　것이 곧 내가 됩니다. 그러므로 '나'는 언제나 그다음에 오는
　동사와 목적어에 의해 결정됩니다. 그렇기에 '당신을 살아간
　다'는 것은 우리 삶이 결과적으로는 '내 삶'이 된다고 하여도,
　그렇게 되기까지의 부단한 과정은 늘 타인들 속에 있음을 말
　해 줍니다. 우리는 언제나 타인들에게 빚져 왔고, 지금도 빚
　지고 있습니다. 마찬가지로 그 누군가는 나에게 빚지고 있을

겁니다. (…) 돕는다는 것은 이처럼 무한 관계망의 타인 속으로 들어가는 것입니다. 또한 그것이 곧 우리 삶 자체인 것이지요.

'나'를 찾는 여행길에서

한 소녀가 있다. 그는 한반도에 사는 사람들은 평생 마주칠일이 없을 것 같은 '탈레반(1994년 아프가니스탄에서 결성된 무장 이슬람 정치 조직)'이 장악한 도시에서 살고 있었다. 탈레반은음악을 듣는 행위를 범죄로 규정했고, 여자들은 시장에도 가지 못하게 했고, 여자아이들이 학교에 가는 것을 금지했다. 말랄라 유사프자이는 자신과 파키스탄 소녀들이 탈레반에게 빼앗긴 '배울 권리'를 되찾기 위해 침묵하지 않고 말하기 시작했다.

용기를 발휘한 대가는 잔혹했다. 열다섯 살 생일이 지난 2012년 10월 9일, 말랄라는 하교하는 스쿨버스 안에서 탈레반에게 총격을 당했다. 생사의 갈림길에서, 말랄라는 기적적으로 살아났다. 그 뒤로 말랄라는 교육받을 기회가 없는 전 세계어린이와 용기 있게 교육을 계속하는 교육자들, 인권과 교육을 위해 싸우는 이들을 돕고 있다. 2014년 역대 최연소로 노벨 평화상을 수상한 영광은 일종의 보너스랄까. 말랄라의 초록빛 기운은 담쟁이의 덩굴손처럼 세상 곳곳으로 조용히 뻗어 나가고 있다.

여기는 탈레반이 올 일 없는 한반도라 먼 이야기로 들릴 수 있으니 대한민국 중3들의 이야기를 소개한다. 서울 아주중학교 3학년 1반에는 자신이 태어난 나라로 곧 추방될 소년이 있었다. 사업하는 아버지를 따라 일곱 살 때 한국에 온 김민혁 군은 한국에서 기독교로 개종했기 때문에 이란으로 돌아가면 죽을 수도 있는 상황이었다. 민혁이의 친구들은 친구의 목숨이 위험하다는 사실에 충격받았다. 친구를 지켜야겠다는 마음으로 청와대에 청원 글을 올리고, 피켓을 만들어 거리로 나갔다. 부모님의 걱정, 학교와 교육청으로 날아드는 투서, 악성 댓글과 싸우며 목소리를 높였다. 4개월에 걸친 연대와 투쟁의 결과, 2018년 10월 19일에 법무부 서울출입국·외국인청은 김민혁 군의 난민 지위를 인정했다. 친구들은 여기에 그치지 않고 민혁이가 아버지와 함께 한국에 머물 수 있도록 애썼다.

신문에 난 이야기는 남의 이야기일 뿐이라고, 내 손은 교과서에 밑줄 치고 문제집 푸는 데만 쓰겠다는 최후의 소녀 소년을 위해 한 가지 이야기를 더 준비했다. 2019년 내가 출강하는 학교의 청소년들은 사회 참여 프로젝트 수업에서 세월호 유가족의 아픔에 공감하고 세월호가 우리 사회에 남긴 메시지를 기억할 방법을 찾았다. 키링을 만들어 판매하고 판매 수익금을 유가족에게 전달했다. 포스터를 만들어 학교 이곳저곳에 붙였다. 직접 노랫말을 쓰고 곡을 짓고 녹음해 음원까지 발매했다. 프로젝트에 참여한 소녀 P는 다음과 같이 말했다.

"세월호 참사 생존자들을 위해 이 노래를 불렀지만, 이 곡에 담은 위로가 힘든 상황을 보내고 있을 모든 사람에게 전해졌으면 하는 마음으로도 불렀습니다."

여행의 목적은 집을 떠나기 위해서이기도 하지만 결국 집으로 돌아오기 위해서라고 한다. 소녀 소년은 '너'와는 다른 '나'를 찾기 위해 여행을 시작했지만 결국 '너'를 통해 '나'를 발견할 것이다. 소외된 사람, 힘없는 사람, 고통당하는 사람을 못 본 척하지 않고 환대의 손을 내민다면 주변은 조금씩 초록빛으로 물들 것이라 믿는다. 소녀 소년의 손길이 닿은 곳마다 생기가 전해져 함께 세상을 바꿀 강력한 연대가 맺어지기를.

『사람은 왜 서로 도울까』 194~195쪽, 정지우, 낮은산, 2018.

잠신고 2학년 16반 43번 HD에게

앨범 속 사진 몇 장으로 남아 있는 너에게 말을 건네려니 무지 어색하다. 사진 속의 너는 내 아들 S와 같은 학년이고 얼굴도 반쯤 닮았어. 사실 난 너에 대한 기억이 많지 않아. 그렇다고 너무 섭섭해하진 말기를. 너와 헤어진 지 30년이나 되었는걸. 방금 들은 이야기도 돌아서며 까먹는 중년의 건망증이 벌써 기본값으로 설정된 처지라고. 일기장이라도 있으면 네가 어떤 사람인지 살펴볼 수 있을 텐데, 넌 그때 일기는 안 쓰고 편지만 줄곧 써 댔잖아.

청소년 에세이를 쓴다고 고심하는 동안 널 다시 만나 보고 싶었어. 집과 학교에서 만나는 소녀 소년의 모습을 문장으로 옮기자니 네 생각이 자주 나더라. 1월생이라 또래 친구들보다 한 살 어린 고2 소녀 HD는 어떻게 살았는지 궁금하더라고. 뜻이 있는 곳에 길이 있다는 말은 한물간 속담이 아니었어. 얼마 전에 너의 선생님과 연락이 닿은 거 있지? 너의 청소년기, 중·고등학교 시절을 통틀어 너의 '최애' 선생님이었던 분, 박현규 선생님 말이야. 지난봄, 선생님이 날 만나러 우리 동네에 오셨어. 그리고 낡은 공책 한 권을 건네셨지. 너와 반 친구들이 같이 쓴 모둠 일지였어. 거기에 네가 있었어.

넌 에너지가 넘치더라. 하루도 그냥 넘어간 날이 없었어. 온갖 장난과 이벤트를 모의했던데? 사실 30년 전은 지금과 달리 무척 폭력적인 시기였어. 학교도 예외가 아니었지. 선생님들이 학생을 체벌하려고 들고 다니던 긴 막대기를 '사랑의 매'라고 불렀잖아. 그런 환경에서 매일 꿈과 희망의 교실로 등교했다니, 믿기지 않지만 사실이더라고. 일지에 증거가 차고 넘치더라. 오늘은 또 무슨 재미있는 일로 하루를 보낼까 하는 기대감으로 교실에 들어선 너, 그런 너에게 호응해 준 반 친구들 그리고 안전한 울타리가 되어 준 선생님이 삼위일체를 이뤘더군.

하지만 너에게 줄곧 햇살만 가득 내리쪼인 건 아니었어. 넌 가정 형편이 어려워져 학기 중간에 강남에서 강북으로 이사했지. 먼 거리를 통학하면서 육체적으로 힘들었고, 고3이 가까울

수록 공부에 대한 부담감으로 점점 우울하고 심각해졌어. 서로에게 힘이 되어 준 친구들, 다정한 선생님과 헤어지고 입시를 위해 전력 질주를 해야 한다는 현실을 받아들이기 어려워했더라. 네가 고2에 뿜어낸 열정은 어쩌면 마지막 발버둥질이었는지도 몰라.

이 책을 읽는 소녀 소년이 네 사연을 듣는다면 어디서 엄살이냐고 코웃음을 칠지도 몰라. 태어나면서부터 각종 조기 교육과 선행 학습을 받은 요즘 청소년에 비하면 너의 하소연은 가볍고 우습지. 내가 너였던 때를 기준으로 그들을 바라보면 안 된다는 걸 잊지 않으려 노력하고 있어. 시대가 다르니 내 답이 반드시 그들의 답이 된다는 보장이 없잖아. 인생에는 정답이 없는데 마치 내 경험과 그 경험에서 나온 통찰이 모범 답안인 것처럼 확신하고 입을 열까 무서워.

그래도 오늘을 사는 소녀 소년과 나는 한 가지 공통점이 있어. 넌 1991년에 머물러 있지만 소녀 소년과 나는 한 번도 가본 적이 없는 길을 걷고 있는 처지야. 대단히 예측 불허인 삶이지만 한 가지는 의심하지 않아. 자신을 소중하게 여기고 주위 사람들에게 다정하고 친절하다면, 소녀 소년도 나도 오늘보다 내일 조금 더 나은 사람이 되리라 믿어. 네가 30년 동안 묵묵히 나를 지켜봐 주고 용기를 불어넣어 준 것처럼, 나도 소

녀 소년에게 작지만 꾸준한 응원을 보내면서 그 희망으로 하
루를 시작할래.

여전히 서툰 어른이 친애하는 사춘기에게

열다섯은 안녕한가요

초판 1쇄 펴낸날 2021년 9월 6일
초판 5쇄 펴낸날 2023년 11월 13일

지은이 정혜덕
그린이 장윤미
펴낸이 홍지연

편집 홍소연 이태화 차소영 서경민
디자인 권수아 박태연 박해연 정든해
마케팅 강점원 최은 신종연
경영지원 정상희 여주현

펴낸곳 (주)우리학교
출판등록 제313-2009-26호(2009년 1월 5일)
주소 04029 서울시 마포구 동교로12안길 8
전화 02-6012-6094
팩스 02-6012-6092
홈페이지 www.woorischool.co.kr
이메일 woorischool@naver.com